어디에 있어도 빛이 나는 사람

_____ (이)라는 기적세계

KB067633

당신이라는 기적

당신이라는 기적 ♥

정
한
경 에
세
이

북로망스

차례

제1장

당신이라는 기적

제2장

당신의 아픔을 나눠 가진 사람

제3장

당신의 삶이 행복으로 채워지면 좋겠습니다

제4장

당신의 방식으로 당신을 사랑하는 일

제1장

당신이라는 기적

당신이라는 기적

누군가를 향해 조건 없는 위로를 건네던 사람.

그 사람은 모릅니다.

그런 값진 위로를 전할 수 있는 자신이
얼마나 값진 사람인지를 모릅니다.

누군가를 향해 아낌없는 사랑을 건네던 사람.

그 사람은 모릅니다.

그런 빛나는 사랑을 전할 수 있는 자신이
얼마나 빛나는 사람인지를 모릅니다.

자신의 마음에 자꾸만 끼어드는
부정적인 것들을 치워 내고
아름다운 것들만을 남겨 두려 애쓰던 사람.

그 사람은 모릅니다.

그 모든 과정을 기꺼이 겪어 내는 자신이
얼마나 가치 있는 사람인지를 모릅니다.

누군가를 기꺼이 일으키면서도
자신을 일으키는 것에 서툴렀던 사람.

누군가의 마음에
'당신은 사랑받아 마땅한 사람'이라는 문장을 새기면서도
자신에게 그런 문장을 선물하는 것에는 그토록 서툴렀던
사람.

그토록 아름다운 마음을 일구어 내면서도
자신을 보듬어 주는 일에는 그토록 서툴렀던 당신.

당신은 모릅니다.
그런 당신이 만들어낸
수많은 기적들을.

당신이라는 존재.
그 자체가 기적이라는 것을.

소중함의 시작

진정 무언가를 소중하게 여기는 마음 안에는
결코 그것을 상처 입히지 않겠다는 다짐이 담겨 있다.

그 대상의 마음속에 감춰진 아픔을 헤아림으로써
상처를 방치하고 싶지 않다는 다짐 또한 스며 있다.

그러므로 자신이
무언가를 진심으로 소중하게 여기고 있는지를 알아보려면

행복을 전하기에 앞서,
상처받지 않기를 진심으로 바라고 있는지
상처를 마주하게 된다면
조건 없는 다독임을 전할 준비가 되어 있는지

그 대상의 상처를 떠올리는 것만으로
부디 아프지 않았으면 좋겠다는 간절한 소망이
마음에 글썽이는지를 돌아보면 된다.

소중함이란 그러한 마음에서 출발한다.

그리움의 모습

한 번쯤 마주치고 싶은 사람이 있다.

꽤 길게 내릴 것만 같던 비가
거짓말같이 그친 어느 화창한 오후,

갑작스레 떠오른 태양 빛에
들고 있는 우산을 머쓱해하듯

우리가 우리였던 그때 그 얼굴을 머금고

그렇게 아무 일도 없던 것처럼.

좋은 인연

좋은 인연이란
자신의 색을 강요하지 않는다.
같은 색을 품고 함께하기를 요구하지 않는다.

각자의 색을 존중하고
그 색을 더 멋지게 키워 나갈 수 있도록
서로를 북돋는다.

그리고 어느새
그렇게 만들어진 각자의 색이
서로에게 자연스레 스며들어

혼자서는 만들어 내지 못했을

새로운 색깔의 나를 만든다.

그렇게 새로이 만들어진
나만의 색깔이 문득
아름답다, 여겨질 때

우리는 그 사람을
좋은 인연이라고 부른다.

일기의 제목

오랜만에 내가 지금껏 써 내려 온 일기장을 펼쳐 본다. 일기마다 제목들을 붙여 놓았다. 자신만만했던 시기에 써 내려간 일기의 제목은 전부 희망찬 문장으로 이루어져 있다. 반면 내가 무기력했던 시기에 쓴 일기의 제목에서는 그런 희망을 찾아볼 수 없다. 풀어내지 못한 감정들. 혼자서 책상에 앉아 작은 노트 위에 토해 내야 했던 푸념들. 과거의 나를 훔쳐보는 것은 흥미로운 일이다. 가끔은 그 때 그 감정이 떠올라 괜스레 슬퍼지기도 하고, 지금 생각해보면 별것 아닌 일에 세상을 잃은 듯 아파하는 모습에 웃음이 나기도 한다. 그렇게 그 모든 시간들을 천천히 읽어 내리다 보면 다소 특별한 점을 발견할 수 있다. 지루함에 빠져 허우적대던 시간의 일상과, 행복에 겨워 지내던 시간의 일상에는 그다지 커다란 차이가 없었다는 것. 나의 일상은 계속해서 비슷하게 흘러가고 있었다는 것이다. 하지만 그러한 일상을 받아들이는 나의 모습에는 분명 차이가 있었다. 반복되는 일상 속에서 따분함만을 느끼던 내가 있었고, 그 안에서 나만의 의미를 찾으려 하던 내가 있었다.

우리의 삶은 대부분이 평범한 일상으로 이루어져 있다. 그러므로 나의 평범한 일상을 사랑하지 않는다면 내 삶의 대부분을 사랑하지 않는 것과 같다. 또다시 여느 때와 다름없는 하루가 흘러갈 것이다. 어김없이 눈을 비비고 아침잠을 쫓을 것이고, 또다시 사람들이 북적대는 출근길 지하철에 오를 것이다. 쌓인 업무를 해결하느라 시간이 어찌 지나갔는지 인식하지 못할 수도, 녹초가 된 채 반쯤 감긴 눈을 간신히 부릅뜨고 퇴근길을 걸을지도 모른다. 하지만 같은 일상의 끝에 누군가는 무의미한 하루를 보냈다 생각하고, 누군가는 오늘도 내가 해야 할 일을 무사히 해냈다며 스스로를 다독인다. 누군가는 오늘 하루를 내가 나아갈 멋진 미래를 향한 발자취로 여기고, 누군가는 그저 반복되는 무의미한 일상 중 하루로 여긴다.

한 사람이 버텨 낸 어느 오늘에는 내일의 자신을 향한

마음이 담겨있다. 오늘을 버텨 낸 누군가의 고단한 표정 속에는 내일 자신의 편안을 바라는 배려가 깃들어 있다. 그러므로 우리는 모두 지금의 나에게 빚을 지며 살아가는 것인지도 모른다. 일상의 고단함을 안다. 하루의 끝에 언제든 무기력함이 찾아들 수 있다는 것 또한 안다. 하지만 그렇게 무심코 지나친 하루가 충분히 잘 해낸 날들 중 하나로 기억될 거라는 것 또한 사실이다.

　우리는 모두 잠들기 전 나의 오늘에 제목을 붙일 수 있어야 한다. 어떠한 제목을 붙이느냐에 따라 우리의 일상은 전혀 다른 날들로 기록될 것이다. 그토록 치열하게 살아낸 하루를 돌아보며 '무의미한 하루'라는 제목을 붙인다는 것은 너무 서글픈 일. 당신의 삶을 크게 변화시킬 특별한 일이 일어나지 않았을지도 모른다. 사소한 것만을 해냈다고 여겨질지도 모른다. 하지만 그 모든 하루가 모여 우리의 삶을 커다랗게 변화시킨다. 당신의 오늘에는 이런 제목이 어울린다.

　'조금 서툴렀을지라도, 충분히 잘 해낸 어느 하루'

당신의 오늘에는 이런 제목이 어울린다.

'조금 서툴렀을지라도, 충분히 잘 해낸 어느 하루'

굳은살

자신이 사랑을 건네야 할 대상을
정확하게 구분하는 사람은
자신의 가치를 알아보지 못하는 사람에게 한 번쯤 상처
입은 사람이다.

세상의 목소리보다
내 안의 목소리가 중요하다는 것을 아는 사람은
세상의 목소리를 따르다 한 번쯤 넘어져 본 사람이다.

실패를 겪고도
또 한 번 시작이라는 단어를 떠올릴 수 있는 사람은
한 번쯤 무언가를 향해 전부를 던짐으로써 아파 본 사람
이다.

나 자신을 돌볼 줄 알아야
누군가를 향한 손길을 뻗을 수 있음을 아는 사람은
스스로를 잃으면서까지 누군가를 위한 마음을 품어본 사
람이다.

내면에 자신만의 빛깔을 머금고 있는 이들은 모두
저마다의 상처를 딛고 세상을 향하는 사람들이다.

상처를 흉터가 되도록 내버려 두지 않고
그로 인해 맞이하게 될 새로운 이야기를 가슴에 품을 줄
아는 사람들이다.

당신은 알아 가고 있다.

자신의 사랑이 어떠한 가치를 지니고 있는지
알아 가고 있고,
세상의 요구보다 내 안의 목소리가 중요하다는 것을
알아 가고 있다.

한 번의 실패가 나의 삶을 결정지을 수 없다는 것을
알아 가고 있고,
누군가를 사랑하기 위해 자신을 먼저 사랑할 수 있어야
한다는 사실을 알아 가고 있다.

당신의 상처가
당신의 굳은살이 되어 가고 있는 것이다.

당연함을 허락하지 않는 사랑

깊은 사랑은
그 사랑을 받는 대상의 삶에
당연하다는 듯 스며든다.

그 사랑에는
어떤 이유도 계산도 들어가 있지 않기 때문에
너무도 당연하게 느껴진다.

사랑을 받는 사람을
사랑받아 마땅한 사람으로,
당연히 사랑스러운 사람으로 만든다.

하지만

그 사랑의 진가를 알게 되는
순간은 슬프게도

그 사랑이
당연하지 않은 것이 될 때.

사랑을 품고 내 곁에 머물렀던 그 사람의 모습이
결코 당연하지 않았음을 깨닫게 될 때.

그러므로 우리가 해야 하는 일은
내 곁에 머물고 있는 모든 당연함들을 찾아내는 일.

무심코 지나쳐 버린 가만히 머무는 마음들을 발견하는 일.

그렇게 당연하지 않은 마음으로
당연하게 머무는 마음을 사랑하는 일.

좋은 사람을 사랑하고 있다는 증거

  결국 삶이란 혼자서 버텨 내는 것이라 믿었던 세월
이, 누군가와 손을 맞잡고 함께 걷는 것만으로 전부 부정
될 때. 결코 떨쳐낼 수 없을 것 같았던 사랑을 향한 불안
이, 나를 바라보는 누군가의 눈빛만으로 씻은 듯 녹아내
릴 때. 멀어질까 두려운 마음에 털어놓지 못했던 숨겨 둔
마음을, 그 사람을 향한 믿음 위에 쉽게 꺼내 놓을 수 있
을 때. 애써 확인해야만 느낄 수 있었던 나를 향한 마음
을, 사소한 행동만으로도 분명하게 전달받을 때. 아무리
노력해도 이해받지 못하던 마음이 너무도 쉽게 어루만져
질 때. 누군가의 편안을 이토록 바랄 수 있다는 것이 놀랍
게 느껴질 때. 나를 찾아드는 어떤 감정도 그 사람과 나눌
수 있다는 사실이, 나만의 착각이 아니라 여겨질 때. 지난
사랑을 겪으며 새겨진 많은 상처들이, 이 사람을 만나기

위함이었다고 믿어질 때. 누군가를 기다리는 것이 이토록 행복한 일일 수 있다는 것을 문득 깨닫게 될 때. 잊을 만하면 나를 찾아오는 모든 아픔들이, 이 사람과 함께라면 두렵지 않다고 여겨질 때. 행복과는 멀어졌다고 생각하던 내가, 나도 모르는 표정을 지으며 상대를 향해 달려가고 있음을 발견할 때. 버겁게만 느껴지던 삶이, 꽤 해 볼 만한 것이었음을 깨닫게 될 때. 내가 나라는 사실만으로 충분하다는 사실이, 그 자체로 충분히 사랑스러운 사람이라는 사실이 당연하다는 듯 믿어질 때. 그럴 때, 우리는 좋은 사람을 사랑하고 있다고 말한다.

치유의 방식들

　누군가는 마음이 복잡할 때면 음악을 들으며 하염없이 길을 걷고, 누군가는 나의 마음을 가장 잘 알아줄 사람에게 전화를 건다. 누군가는 방문을 굳게 걸어 잠그고 이불을 머리끝까지 뒤집어쓰고, 누군가는 아픔의 모습을 선명하게 바라보며 늦은 밤 혼자서 베개를 적신다. 그렇게 우리는 모두 각기 다른 방식으로 스스로를 위로한다. 때로는 아픔을 의젓하게 해결하지 못하는 나 자신이 나약하게 느껴지는 순간이 있다. 다른 사람들은 흔들리지 않는 모습으로 굳건히 자신의 일상을 걸어갈 텐데. 다른 사람들은 아픔에 이 정도로 무너지지는 않을 텐데. 나만 나약한 것만 같은 생각이 가슴을 뒤덮을 때가 있다. 어쩌면 우리를 가장 아프게 하는 것은, 아픔을 견디는 그 순간의 자신마저 부정적으로 바라보는 자신의 모습일 것이다. 하지만 우리가 명심해야 할 것은, 치유의 과정에서 자신이 어떤 모습을 보이든, 어떤 위로의 방식을 택하든, 나만은 그러한 자신을 받아들이고 믿어 주어야 한다는 것이다. 약한 모습을 보이는 스스로를 자책하거나 그 시간들이 무의미한 것이라 치부하지 않기를. 우리는 모두 각자의 방식으로 자신을 치유할 필요가 있다. 각자의 이유를 머금고 지금껏 달려왔기에. 각기 다른 경험을, 아픔을 겪어 왔기에.

우리는 모두 각자의 방식으로
자신을 치유할 필요가 있다. ●

행복을 전해 본 적이 있나요

누군가에게 행복을 전하기 위해 애를 써 본 사람은 그 과정이 얼마나 섬세하고 구체적인지를 안다. 그 사람이 무엇을 바라보며 웃는지를 관찰하고, 어떤 음악을 들으며 울적함을 씻어 내는지 확인한다. 책을 읽을 때면 어느 구절에 몰입하고 또 어떤 문장에 감동하는지를 체크하며, 어떤 음식을 먹을 때 눈이 휘둥그레지는지를 확인한다. 비가 오는 날이면 아침에 일어나 어떤 말을 가장 먼저 꺼내는지를 주시하고, 해가 화창하게 떠오른 날이면 하루를 무엇으로 채우고 싶어 하는지를 기억한다. 그 사람의 일상을 헝크는 걱정은 무엇이 있는지를 묻고, 그 걱정을 잠재우기 위해 무엇을 할 수 있는지를 고민한다. 함께 거리를 걸으며 어떤 고민이 있는지를 조심스레 물어보고, 슬픈 영화를 보고 싶다는 말이, 마음속에 울적한 무엇인가가 자리 잡았다는 뜻임을 읽어 낸다. 유독 기분이 가라앉은 날이면, 그 사람이 좋아할 만한 장소를 예약하고, 타인과의 비교로 자신감을 잃을 때면, 그 사람이 인식하지 못하는 장점에 대해 가르쳐준다. 목표를 이루지 못해 좌절한 그 사람에게 여전히 존재하는 수많은 가능성에 대해 일깨워 주고, 그동안 고생한 그 사람의 어깨를 토닥인다. 삶이 힘겨울 때면 사랑한다는 말을 진심 가득 담아 전해보고, 때로는 아무 말 없이 따스한 포옹으로 깊은 위로를 전한다. 누군가에게 행복을 전하기 위해 애를 써 본 사람은, 그 과정이 얼마나 섬세하고 구체적인지를 안다. 가만히 떠올려 본다. 나는 누군가에게 그런 행복을 전해 본 적이 있는가. 그리고 또 한 번 떠올려본다. 나 자신에게는 그래 본 적이 있는가.

흔들린다는 것은

유독 바람이 거세게 불던 어느 날,
마구 흔들리는 나무들이 눈에 들어온다.

흔들리고 있구나.
휘청이고 있구나.

그래,
바람이 이토록 강하게 몰아치는데
흔들리지 않을 수 없겠지.

그런데 시각을 조금만 바꾸면
전혀 새로운 면을 발견할 수 있다.

나무는 제자리를 찾으려 노력하고 있다는 것.

거친 환경에 맞서
원래의 자리로 돌아가려 애쓰고 있다는 것.

우리는 자주 잊는다.
흔들리는 자신을 탓하느라,
굳건히 서 있지 못하는 자신을 책망하느라
돌아오려는 노력을 멈추지 않고 있는
자신을 발견하지 못한다.

하지만
분명히 말하고 싶은 것은

모든 흔들림에는
돌아오려는 노력이 깃들어 있다는 사실이다.

나의 자리를
찾아 가고 있다는 뜻이다.

흔들린다는 것은
최선을 다하고 있다는 뜻이다.

마음은 작은 곳에 숨어 있어서

그런 때가 있다.
상대의 아주 사소한 행동 하나에서
짙은 감동을 느끼게 되는 때.

거창한 이벤트나
멋들어진 표현에서 느낄 수 없는
깊은 뭉클함을 느끼게 되는 때.

어쩌면 그것은,
사소한 행동이야말로
그 사람이 품은 마음의 깊이를
대변하기 때문인지도 모른다.

거창한 행동으로 가끔 마음을 전하는 것은
누구나 어렵지 않게 할 수 있는 일이다.

하지만 사소함은
너무 작기에 꾸며 낼 수 없고,
너무 자주 발견되기에
분명한 마음 없이 매번 만들어 낼 수 없다.

커다란 마음 없이는 꾸준할 수 없기에 진실되고
거짓으로 꾸며 낼 수 없을 만큼 자그맣기에 확실하다.

상대를 향한 마음을 항상 품고 있다는 증거이고
모든 순간 상대를 위하고 있다는 증명이다.

우리가 상대의 사소한 행동에서 서운함을 느끼고
때로는 관계를 돌아보기까지에 이르는 이유는,

사소한 행동으로부터 누군가의 마음을 확인하고
그 사람과의 미래를 확신하기까지에 이르는 이유는

사소함이야말로
보이지 않는 마음을 비추는
거울이기 때문이다.

미련을 거두어야 하는 이유

떠나간 사람을 잊어야만 하는 순간이 오면
우리는 그 사람을 지워야 하는 여러 이유들을 떠올린다.

하지만 그 모든 이유들은
그 사람을 향한 그리움 앞에서
힘없이 허물어진다.

그럼에도 그 사람이 너무 보고 싶다는
한 문장에 전부 무의미해진다.

그 사람이 더 이상 나를 사랑하지 않는다는 사실 또한
쉽사리 우리의 마음을 잠재워 주지 않는다.

미련을 거두어야 하는 이유를
계속해서 찾아 헤매겠지만
사실 그런 이유들은 중요치 않은지도 모른다.

우리는 기억해야 한다.

우리가 떠나간 사람에게서 미련을 거두어야 하는 이유는
그 사람이 모자라거나 부족해서가 아니다.
그 사람이 더 이상 나를 사랑하지 않기 때문 또한 아니다.

사랑이 사라진 곳에 머무를 수 없을 만큼
떠나간 이를 돌아보는 것으로
당신의 행복을 외면할 수 없을 만큼

당신이, 당신을 사랑하기 때문이다.

잔잔한 사랑

　예전에는 이런 생각을 했다. 사랑에 빠진 사람의 마음은 요동치지 않을 수 없다고. 어느 한 사람을 사랑하는 누군가의 마음은 성난 바다의 파도처럼 물결이 칠 수밖에 없다고. 그 사람의 마음을 끊임없이 확인하고 싶어지고, 상대가 나를 더 좋아했으면 바라고, 상대가 나를 얼마만큼 사랑하는지 궁금해 애타는, 그런 마음을 품지 않을 수 없다고. 하지만 지금은 안다. 어떤 사랑은 안달하지 않고, 조급해하지 않으며 늘 있던 자리 그대로 서서, 상대가 언제나 다가와 편히 쉴 수 있도록 굳건한 모습으로 존재한다.

　어떤 사랑은
　언제나 그 자리에 그 모습 그대로 머무르는 것으로
　그 어떤 거센 파도보다 뚜렷한 잔잔함으로

그렇게 사랑을 말한다.

어떤 사랑은
언제나 그 자리에 그 모습 그대로 머무르는 것으로
그 어떤 거센 파도보다 뚜렷한 잔잔함으로
그렇게 사랑을 말한다.

특별히 사랑하는

다른 누군가의 특별함을 좇았던 때가 있었다. 저마다의 특별함을 지닌 친구들을 바라보며 그들과 같은 모습으로 세상에 서고 싶어 했던 어린 시절이 있었다. 그들은 각기 다른 모습의 특별함을 지니고 있었다. 한 친구는 축구를 무척 잘했고, 한 친구는 찰랑이는 머릿결을 갖고 있었으며, 한 친구는 멋진 중저음의 목소리를 가지고 있었다. 나는 그들을 닮아 가기 위해 여러 노력을 기울였다. 축구를 잘하고 싶어 주말마다 연습을 했고, 찰랑이는 머릿결을 갖고 싶어 미용실을 찾았다. 중저음의 목소리를 닮고 싶어 방 안에서 혼자 목소리를 낮게 내 보기도 했다. 하지만 나는 끝내 그 친구들처럼 될 수 없었다. 축구 실력은 한참 모자랐고, 머릿결 또한 친구와 같을 수 없었으며, 또 다른 친구와 같은 목소리 또한 끝내 가질 수 없었다.

하지만 어른이 된 지금, 그들의 특별한 모습들을 가지지 못했다는 사실이 슬퍼할 이유가 되지 않는다는 것을 안다. 축구가 그다지 필요 없는 나이가 되어서? 찰랑이는 머릿결이 더 이상 매력적으로 보이지 않아서? 아니면, 중저음의 목소리가 더는 멋지게 느껴지지 않아서? 그렇지 않다. 여전히 나는 축구를 잘하는 사람이 부럽고, 찰랑이는 머릿결과 중저음의 목소리 또한 멋지다. 하지만 그와 다른 나의 모습 또한 충분히 사랑스러운 시선으로 바라볼 수 있다. 축구를 못하지만 우리 동네 뒷산을 한 번도 쉬지 않고 오를 수 있고, 머릿결이 찰랑이진 않지만 내 마음에 드는 헤어를 오 분 만에 만들 수 있으며, 중저음의 목소리를 가지진 못했지만 목소리가 우렁차서 길 건너편에 있는 사람도 한 번에 돌아보게 할 수 있다. 특별함은 남들과 다른 나의 모습을 사랑할 줄 아는 마음가짐에서부터 비로소 찾아오는 것. 특별함을 좇기보다, 나의 다름을 특별한 시선으로 바라볼 줄 아는 마음. 그런 마음이야말로 나 자신을 특별하게 만드는 것이다.

다툼이라는 노력

끝내 서로의 손을 놓아 버린 지난 관계를 돌아보면, 마지막 즈음 급격하게 사이가 안 좋아지는 경우가 많았다. 대부분의 다툼은 그 시기에 계속해서 발생했고, 서로를 향한 미움 역시 그 시기에 거의 피어났다. 그리고 그렇게 생겨난 미움으로 인해 나는, 떠나는 사람을 향해 좋은 마음을 품지 못했던 때가 많았다. 나는 우리의 인연이 저물었던 이유가, 그때의 다툼으로 인한 것이라 믿었다. 그런 다툼이 발생하여 우리의 관계를 뒤틀어 버린 것이라고. 다툼이 우리 작별의 원인이라고 굳게 믿었던 것이다. 하지만 이상하게도 시간이 꽤 흐른 지금, 몇몇 다툼의 장면들은 무척 슬프게 다가온다. 미움이 아닌, 아련함만이 마음 깊이 스민다.

정말 그때 그 다툼만이 멀어짐의 이유였을까. 정말 그 한순간이 우리를 갈라놓은 것일까. 인연을 잘라 낸다는 것은, 꽤 오랜 시간을 함께해 온 서로를 등진다는 것은 그리 간단한 문제가 아니다. 몇 년을 함께하며 추억을 쌓고, 그간의 모든 갈등을 넘어온 관계가 그저 다툼만으로 멀어진다는 것은 쉽지 않은 일일 것이다. 이런 생각을 해 본다. 어쩌면 우리의 작별은 결코 거스를 수 없었던 일이 아니었을까. 그저 인연의 기한이 다 되어 자연스러운 멀어짐이 찾아왔던 것이 아니었을까. 그리고 그 자연스러운 일을 거스르려는 노력들이 다툼의 형태로 나타난 것은 아니었을까. 어쩌면 그때 그 다툼의 이유는 그 때문인지도 모르겠다. 엇나가는 우리를 받아들일 수 없었기 때문에, 도저히 끼워 맞춰지지 않는 우리가 무척 낯설었기 때문에.

이제는 분명한 진심이 존재했던 관계의 마지막 다툼을 그리 낯선 모습으로 바라보지 않는다. 세월이 흐를수록, 인연에도 기한이 있는 것이라는 사실을 믿게 되는 탓이다. 우리의 인연은 기한이 다 되어가고 있었던 것이다. 긴 세월을 함께했지만, 그 세월 속에서 우리는 각기 다른 모습으로 변해갔던 것이다. 자연스레 멀어져야만 했던 관계를 받아들이지 못했던 것이다. 보이지 않는 곳에서부터 멀어지고 있었던 것이고, 그 멀어짐이 드러나는 순간부터 우리는 자주 다투게 되었던 것이다. 왜 자꾸만 어긋나느냐고 서로에게 마구 화를 내고 있던 것이다. 이미 너무도 다른 모양이 되어 버렸는지도 모르고.

어쩌면 그 당시 우리의 다툼은
서로를 붙잡고자 했던 최후의 노력이 아니었을까.

각자의 간절함이 아니었을까.

단비

표현을 기다리는 사람에게 있어,
소중한 사람이 건네는 따스한 말 한마디는
가뭄의 단비 같은 것.

서로의 마음에 언제 가뭄이 찾아올지
정확히 알 수 없기 때문에

우리는 계속해서 표현하는 수밖에 없는 것이다.

마음이 메마르지 않도록.

촉촉하게 젖어 든 마음 위로
확신이라는 나무가 자라날 수 있도록.

사랑의 여유

사랑을 함에 있어 여유란,
억지로 마음을 숨기며
덜 사랑하려 노력하는 것으로
얻어지는 것이 아니다.

깊어지지 않으려 자꾸만 거리를 두고,
더 많이 사랑하지 않기 위해 감정을 조절하려 애쓰는
그런 마음가짐에서 오는 것이 아니다.

내가 건넨 마음이
아픔으로 돌아오게 되더라도 괜찮다는,
그것까지가 전부 사랑일 것이라는 마음가짐.

내가 이 사람을 향해 사랑을 건네는 이유는
돌려받기 위함이 아니라,
그것이 나의 행복이기 때문이라는 마음가짐.

전부 나의 선택이므로
후회하지 않을 거라는 마음가짐.

여유란
그런 마음가짐에서 오는 것이다.

설렘

어른이 되어 갈수록 약간의 거리로 인한 설렘과 깊어진 사랑으로 인한 설렘이 구분되기 시작합니다. 서로간의 분명한 거리가 존재할 때 느껴지는 떨림보다, 상대와 나의 마음이 맞닿아 있음을 느낄 때 다가오는 떨림에 더욱 마음이 기웁니다. 관계를 이어 가다 보면 처음의 설렘이 떠나간 자리에 찾아드는 또 다른 설렘의 모습을 만나게 됩니다. 오랜 시간을 함께 지나왔기에 비로소 닿을 수 있는, 서로의 아픔을 누구보다 자세히 바라봤기에 비로소 전할 수 있는 마음. 그런 마음을 서로가 서로에게 언제든 건넬 수 있음을 알게 될 때 느껴지는 뭉클함. 처음의 설렘과는 분명 다른 모습이지만, 깊어진 우리의 관계만큼 더욱 짙은 모습으로 우리의 마음을 적시는 것들이 있습니다. 깊어지기 전에는 결코 만날 수 없는 마음입니다. 낯섦

이 자리를 뜨기 전에는 결코 만들어낼 수 없는 우리의 모습입니다. 상대의 아주 작은 행동에도 나를 위한 마음이 묻어 있음을 느끼는 순간. 우리 앞에 닥친 고난을 함께 헤쳐 나가자며 누가 먼저랄 것도 없이 서로의 손을 잡아 이끄는 순간. 어떤 갈등의 순간에도 서로의 손을 굳건히 잡고 있음을 느끼는 순간. 제가 설렘을 느끼는 순간은 다름 아닌, 사랑을 확인하는 순간입니다. 사랑이 그 자리를 지키고 있음을, 변함없는 모습으로 내 곁에서 빛나고 있음을 느끼는 순간입니다.

닮고 싶은 사람

그런 사람이 있다.

딱히 말하지 않았는데
그 사람을 위해 노력하게 하는 사람.

딱히 요구하지 않았는데
최선의 배려를 건네고 싶은 사람.

딱히 강요하지 않았는데
그 사람을 위해 나를 변화하게 하는 사람.

딱히 부탁하지 않았는데
행복을 선물하고 싶은 사람.

그 사람은

나를 위해 먼저 노력하는 사람이었고,

나에게 매 순간 최선의 배려를 건네는 사람이었으며,

나를 위해 기꺼이 자신을 변화시키는 사람이었고,

자꾸만 내게 행복을 선물하는 사람이었다.

나이를 먹을수록 알게 되는 것들이 있다.

누군가를 향해 먼저 뻗는 손길에는 배려가 숨어 있고,

누군가를 향해 먼저 내딛는 걸음에는 희생이 묻어 있고,

누군가를 향해 먼저 건네는 마음에는 용기가 담겨 있다는 것.

그런 사람의 행동에는

나를 향한 진심 외에 어떤 목적도 존재하지 않기에

나 또한 같은 마음을 전하고 싶어진다.

그런 사람이 있다.

자신이 먼저 좋은 사람이 되어

누군가를 좋은 사람으로 만드는 사람이 있다.

참 닮고 싶은 사람이 있다.

그런 사람이 있다.

자신이 먼저 좋은 사람이 되어,

누군가를 좋은 사람으로 만드는 사람이 있다.

참 닮고 싶은 사람이 있다. ●

미워하지 않을 용기

삶을 걷다 보면 자꾸만 스스로를 의심하게 만드는 여러 잡음을 만나게 된다. 이유 없이 나를 헐뜯는 소리. 멋대로 나를 재단하는 눈빛. 악의적인 소문. 확신 섞인 오해 등등…… 이러한 것들을 마주하고 언제나 평정심을 유지하는 것은 쉽지 않은 일이다. 내게도 그런 순간들이 적지 않게 찾아왔다. 나는 그때마다 적절히 마음을 다스렸을까. 돌이켜 보면 그렇지 못했던 때가 대부분이었다. 때로는 그런 잡음에 흔들리기도 했고, 나를 공격하는 대상을 마음을 다해 미워하기도 했으니까. 그러나 이상하게도 그런 미움을 품을수록 나는, 자꾸만 병들어 가는 나의 마음을 발견하곤 했다. 그리고 그런 미움이 내 마음에 모난 부분을 만들어 냈다는 사실을 알았을 때, 내 자신에게 무척이나 미안한 감정이 들었다.

미움은 결코 나를 강하게 만들지 않는다. 오히려 미움은 독약과 같아서, 그것을 품은 사람을 상하게 한다. 미움은 그렇게 공평한 모습으로 누군가의 마음에 머문다. 스스로 마음에 미움을 새겨 넣어 자신을 괴롭게 만들 필요 없다. 그런 잡음에 의해 모난 모습의 내가 될 필요 또한 없다. 마음에 미움을 두지 않는 것. 그것은 어쩌면 진정 강한 사람만이 가질 수 있는 마음가짐이 아닐까.

여러 사건을 겪을수록 뚜렷해지는 것들이 있다. 그것은 이유 없이 나를 헐뜯는 대상에겐 미움마저 지불할 필요가 없다는 것. 자신만의 시선으로 누군가를 재단하는 대상에게 맞춰 스스로를 잘라낼 필요 또한 없다는 것. 어쩌면 이유 없는 미움에 대처하는 가장 현명한 방법은, 그 모든 잡음을 철저히 무시한 채 나만의 행복을 만들어 가는 것이다. 내가 좋아하는 것을 찾아 가고 나를 가슴 뛰게 하는 것들을 향하고 나를 사랑해 주는 이들과 함께하며 구김 없는 행복을 만나는 것이다. 자신을 공격하는 여러 말들에 마음 쓰지 않기를. 미움이 나를 흔들수록 나만의 행복을 더욱 짙게 만들어 가기를. 나만의 길 위에서 나만의 행복을 만들어가고 있는 사람이야말로 가장 굳건한 사람이라는 사실을 잊지 않기를.

적당하지 않아도 괜찮은

적당한 다가감.
적당한 표현.
적당한 마음.

오래도록 무탈하게 함께하기 위해
무엇이든 적당히 조절해야만 하는 우리가
무척 슬프게 다가오는 요즘.

어쩌면 우리가 그토록 바라는 사람은
적당하지 않아도 괜찮은 사람.

뒷일 따위는 염려하지 않아도,
서로를 향한 진심을 그 모습 그대로 꺼내 놓아도

충분히

괜찮은 사람.

가장 사랑한 사람이 아니어도 괜찮다

떠나간 상대가 나를 잊지 않기를 바랐던 적이 있다. 손을 놓고 떠난 그 사람이 자주 나를 향해 고개 돌리기를, 이미 관계를 정리한 우리가 언제까지나 특별한 관계로 여겨지기를 바랐던 적이 있다. 하지만 그런 마음은 걷잡을 수 없는 초라함만을 내게 안겨주곤 했다. 아무렇지 않게 일상을 걸어가는 상대의 소식을 들을 때면, 여전히 그 시절에 머무르고 있는 나 자신이 비참했고, 잔뜩 망가진 일상에 나 혼자만 머무는 것 같아 서글펐다. 자꾸만 뒷걸음치는 나와 달리 미련 없이 앞으로 나아가는 그 사람을 바라볼 때면 철없는 원망이 차오르기도 했다. 그렇게 원망의 시간 속에 갇혀 허우적대길 반복하던 어느 날. 문득 한 가지 의문이 떠올랐다.

'나는 잊히지 않기 위해 사랑을 한 것인가?'

여러 관계를 겪고, 여러 사람을 떠나보내며 새삼 깨닫게 되는 사실이 있다. 희미해지지 않는 과거는 없다는 것. 이미 각자의 길을 택한 우리이기에, 언제까지나 특별한 관계로 기억될 수 없고 함께했던 시절의 온기를 그대로 간직한 채 평생을 나아갈 수도 없다는 것. 자신의 옆에 지금 머무르고 있는 사람만이 특별하고 지금 함께 미래를 향하고 있는 사람만이 사랑이라는 것. 그것은 사랑이라는 문턱을 넘는 순간 모두에게 적용되는 무언의 약속이다. 때로는 이러한 사실이 무척 아프게 느껴지지만, 한편으로 우리가 바라봐야 할 것이 무엇인지 알려준다. 우리는 기억되기 위하여 사랑하는 것이 아니다. 그렇기에 서로의 곁에 머물고 있는 그 순간, 우리는 최선을 다해 서로에게 마음을 전해야 한다.

이제는 걸음을 옮긴 상대에게 불필요한 소망을 품지 않는다. 그것이 무의미한 것이라는 사실을 알고 있기 때문이다. 그저 떠나가는 사람의 등을 바라보며 혼자서 말한다. 나를 언제까지나 기억해달라는 소망을 누르고, 특별한 기억으로 남기지 않아도 괜찮다고 중얼거린다. 너의 인생에서 가장 사랑했던 사람이 내가 아니라도 괜찮다고, 그저 한 시절 어느 순간을 나누었던 사람쯤으로 저물어도 괜찮은 것이라고, 그렇게 믿는다. 잊히지 않기 위해 그 사람을 사랑한 것이 아니라고, 스스로를 다독인다. 언제까지나 잊히지 않는 사랑. 어디에도 존재하지 않는 특별함으로 읽힐 수 있는 사랑. 그것은 머물고 있는 사랑뿐이다.

나를 버려내게 했다는 것만으로

예전에 가졌던 꿈,
꽤나 긴 시절을 몰두하게 했던 그것은
더 이상 나의 꿈이 아니다.

흔들리던 시절을 함께했던 친구,
무엇이든 함께 나누며
젊음의 한 조각을 기꺼이 서로에게 내주었던 그 친구는
더 이상 나의 친구가 아니다.

서로의 곁에 머무르며 미래를 약속했던 연인,
서로의 가장 아름다운 시절을 거침없이 내던졌던 우리는
더 이상 연인이 아니다.

하지만 그 당시 꿈이 없었다면
나는 그 시절 그 열정을 만나지 못했을 것이고,

지금은 멀어진 그 친구가 없었다면
그 시절 그 외로움을 홀로 삼켜 내야 했을 것이다.

또한 이제는 어떻게 지내는지 소식조차 들을 수 없는
그때 그 사람이 없었다면

사람은 어차피 혼자라는 말을
그대로 믿어버렸을지도 모른다.

'지금'이 지워낼 수 없는 것들이 있다.

그 모습 그대로
간직해야만 하는 것들이 있다.

그것으로 충분했던 것들이 있다.

사랑이 떠나간 자리에

사랑이 떠나간 자리에
허무함만이 가득하다 여겨질지라도
나는 그 빈자리에 남겨지는 것들을 믿는다.

한 사람의 삶의 일부가 되기 위해 애쓰던 시절들이
한낱 과거로 저물지라도
나는 그 시간들이 숨겨둔 가치를 믿는다.

당신의 진가를 알아보지 못한 사람에 의해
초라하게 내던져진 마음일지라도,
그 모든 과정들이 당신 안에 스며
더욱 성숙한 모습의 당신을 만들 것을 믿는다.

누군가를 향해 조건 없는 사랑을 전하던 순간,
돌아가게 될 것을 염려하지 않고
그 사람을 향해 걸었던 순간,

그 모든 순간들은
당신 안에 조그마한 씨앗으로 남을 것이다.

그리고 당신이 품고 있는 깊은 마음을
알아봐 줄 사람을 만났을 때,

당신이 아름답게 다듬어온 사랑의 가치를
온전히 바라볼 수 있는 사람을 만났을 때

그 사람은 당신에게 말할 것이다.

마음에 참 예쁜 꽃이 피어 있네요.

우리라는 기적

　살다 보면 이 사람이라면 나의 전부를 맡겨도 좋겠다는 확신이 드는 사람을 만나게 된다. 그 사람을 향한 나의 마음과 나를 향한 그 사람의 마음이 오롯이 맞닿을 때, 서로의 마음을 충분히 들여다보며 사소한 행복들을 자주 만들어갈 때, 그렇게 서로의 존재만으로 가슴 벅찬 감사함을 느끼게 될 때, 우리는 비로소 서로의 다름을 뛰어넘을 용기를 얻는다. 어떤 고난을 만난다 해도 서로를 향한 굳은 신뢰와 깊은 고마움이 바래지지 않을 수 있다면, 시간이라는 물결 속에 던져놓은 사랑이 언제까지나 그 모습을 잃지 않을 수 있다면, 휘청이는 두 개의 삶이 서로를 굳건히 지탱할 수 있음을 의심하지 않을 수 있다면, 이 환상 같은 이야기들을 두 사람이 함께 바라볼 수 있다면, 언젠가 만나게 될지 모른다. 사랑이라는 이름이 만들어낸 모

든 기적들을. 그리고 깨닫게 될지 모른다. 그 모든 순간이
기적이었음을.

언젠가 만나게 될지 모른다.

사랑이라는 이름이 만들어낸 모든 기적들을.

그리고 깨닫게 될지 모른다.

그 모든 순간이 기적이었음을.

제2장

당신의 아픔을 나눠 가진 사람

당신의 아픔을 나눠 가진 사람

그런 사람이 있습니다.

평소와 다른 나의 모습을
있는 그대로 받아들여주던 사람.

나의 눈을 똑바로 바라보며
두서없는 이야기를 가만히 들어 주던 사람.

서럽게 눈물 쏟아 내던 나를
따스히 안아 주던 사람.

타인의 아픔에 진심으로 귀 기울인다는 것은
분명 어려운 일입니다.

우리는 모두 각자의 아픔을 품고 살아가니까요.
자신의 삶을 지탱하는 것만으로도 버거운 세상이니까요.

그러나 어떤 사람은
누군가의 아픔을 진심으로 어루만집니다.

자신의 마음 안에 있는 아픔은 잠시 치워 둔 채
상대의 아픔에 온전히 집중합니다.

그렇게 자신의 어느 한 순간을
타인을 위해 오롯이 선물합니다.

당신의 아픔을 꺼내 놓고 집에 돌아가는 길,
마음속에 고마움이 가득 차오른다면
그 사람을 놓치지 마세요.

당신의 아픔을 나눠 가진 사람입니다.

그것이 아니더라도 당신은

무언가를 향해 긴 시간 마음을 쏟다 보면 그것만이 전부라 여겨진다. 그것은 사람일 수도 있고, 꿈일 수도 있고, 당장의 목표일 수도 있다. 하지만 살다 보면 마음을 쏟았던 것으로부터 고개를 돌려야만 하는 때를 만나게 된다. 그리고 그때가 되면 우리는 감당할 수 없는 슬픔에 빠져 스스로를 잃어버리곤 한다. 너무도 마음을 쏟았기에, 내 삶 한가운데 너무도 깊숙이 들여놓았기에, 그것을 삶에서 놓아주어야 하는 때가 오면 우리는 급기야 스스로를 쓸모없는 사람이라 믿어 버리는 것이다. 내 삶에 더 이상 어떠한 희망도 존재하지 않는 것처럼 깊은 좌절에 빠지는 것이다. 만약 당신이 그런 깊은 상실감을 느끼고 있다면, 당신은 전부를 바쳐 무언가를 향했던 사람이 분명하다.

마음을 다해 무언가를 향해 나아갔다는 사실이 나 자신을 갉아먹는다는 것은 너무도 슬픈 일이다. 긴 시간 스스로를 던져 무언가를 향했을 뿐인데 이토록 힘들어야 한다는 것이 야속하고, 이제는 내가 무엇도 해낼 수 없을 것처럼 느껴지기도 한다. 심지어 나 자신의 존재마저 무의미한 것처럼 여겨지기도 한다. 하지만 그럼에도 결코 변하지 않는 하나의 사실이 존재한다. 내 마음을 가득 채운 그 어떤 것도 나 자신보다 중요하지 않다는 사실이다. 만약, 전부를 던진 무언가로 인한 슬픔에서 벗어나는 단 하나의 방법이 존재한다면, 그것은 그보다 중요한 것이 내 삶에 존재한다는 것을 아는 것이 아닐까. 그것이 다름 아닌, 나 자신이라는 사실을 믿는 것이 아닐까.

세상 어떤 것도 나를 밀어낼 수는 없다. 전부를 바쳐 사랑했던 사람도 나 자신보다 중요하지 않고, 젊음을 바쳐 도전했던 꿈도 나의 삶보다 소중하지 않다. 그 모든 것들을 향한 간절한 마음은, 결국 내가 없었다면 존재하지 않았을 마음이다. 당신이 당신 자신을 잃지 않는다면, 과거의 아픔이 밟고 지나간 자리에 스스로를 위한 마음을 천천히 심어 간다면, 분명 당신의 삶에는 새로운 행복이 피어날 것이다. 전부를 다하고 싶은 또 다른 무엇이 당신의 행복 위에 날아들 것이다. 고개를 돌려라. 내 삶에 날아드는 또 다른 즐거움을 받아들일 준비를 해라. 한 시절 당신의 전부라 여겼던 그것. 이제는 기억 저편으로 놓아주어야 하는 그것. 그것이 아니더라도 당신은 여전히, 당신이다.

오래된 인연

최선을 다해 다듬어 온 나란 사람을
누군가의 앞에 꺼내놓았을 때,
그 반응은 전부 제각각의 모습을 띤다.

누군가는 이렇다 할 관심을 보이지 않고
누군가는 심지어 곱지 않은 시선을 보내기도 한다.

하지만 누군가는 나의 사소한 행동만 보고도
그 안에 숨겨진 자그마한 장점까지
전부 발견해 주곤 한다.

무엇이 서로를 알아보게 하는 것인지,
어떤 이유로 그토록 벅찬 시선을

서로에게 전할 수 있는 것인지 알 수 없지만,

분명한 것은
두 사람을 이어주는 '무엇'이 있다는 것이다.

지난 세월을 겪어 내며 마음에 새겨온 무언가가
서로를 향하도록 이끌고 있다는 것이다.

그런 인연이 있다.

습관처럼 행하는 서로의 사소한 행동 속에서도
커다란 보석들을 발견하게 되는 인연.

그토록 찾아 헤매던 사람을 발견한 것처럼
두려움 없이 서로의 손을 맞잡게 되는 인연.

어쩌면 아주 먼 곳에서부터
같은 곳을 향하고 있었던 것인지도 모른다.

그 발걸음이 전부
'무엇'이었는지도 모른다.

그런 인연이 있다.
그토록 찾아 헤매던 사람을 발견한 것처럼
두려움 없이 서로의 손을 맞잡게 되는 인연.

추억을 만든다는 것

" 봐. 예쁘다 그치.”

“응. 정말 예쁘다.”

“서 봐. 사진 찍어 줄게.”

사진 찍는 걸 좋아하지 않는다며 극구 사양해도 그 사
람은 아랑곳하지 않았다. 기어코 내 손을 잡아끌어 벅찬
풍경 앞에 나를 세워 두고 나서야 만족스럽다는 듯, 휴대
폰을 꺼내 들었다. 어정쩡하게 서 있는 나를 보고 키득키
득 웃으며 연달아 몇 장을 찍었다. 나는 멀뚱히 선 채로
카메라가 아닌, 아이처럼 행복해 보이는 그 사람을 응시
했다. 여행이 끝나고 며칠이 지나자 그 사람은 내게 그 사
진을 보내 줬고, 소중히 간직하라고 말했다. 사진을 보는
것만으로도 그때 그 순간이 내 안에서 되살아나는 듯했

다. 다소 멍청해 보이는 나의 모습이 아름다운 풍경과 퍽 어울린다고 생각했다.

그 사람은 언제나 내게 간직해야 할 것들을 만들어 주곤 했다. 서로를 향한 마음을 눌러 담은 쪽지를 주고받는 것을 좋아했으며, 함께했던 시간을 간직하기 위해 자주 사진을 남겼다. 숲길을 함께 걷다가도 가만히 멈춰 풍경을 바라보았고, 내게 자주 행복하냐고 물었으며, 지금 함께하는 이 순간의 소중함에 관해 얘기했다. 그런 그 사람 덕분에 나는 불안함을 잊을 수 있었고, 지금이 가져다주는 기적에 대해 알게 되었다.

이런 생각을 해본다. 어쩌면 우리는 사랑을 버거워하는 것이 아닌, 떨쳐내야 할 추억을 쌓아 가는 것을 버거워하는 것은 아닐까. 사람이 두려운 것이 아닌, 마음에 새겨진 채 지워지지 않을 시간을 만들어가는 것이 두려운 게 아닐까. 하지만 추억을 거부한 채 자라나는 사랑은 존재하지 않기에, 우리는 거침없이 추억을 새겨야 한다. 소중한 순간들을 간직하기 위해 노력하던 그 사람은 어쩌면 누구보다 진실하게 사랑을 마주했던 사람인지도 모른다.

모든 추억이 지켜지리라 생각하지 않는다. 다만 내가 배운 것은, 지켜질 추억만을 만들고자 애쓴다면 우리는 삶에 무엇도 남기지 못한다는 것이다. 한때는 덩그러니 남겨진 그 시간을 후회했던 적이 있었다. 사랑을 잃고 홀로 남겨진 추억을 쓸모없는 것이라 여겼던 적이 있었다. 하지만 그 사람의 행복을 온전히 빌어줄 수 있을 만큼 꽤 괜찮아진 지금은, 그 시절의 기억을 남겨 준 그 사람에게 고맙다. 추억을 새기는 법을, 소중함을 그 모습 그대로 간직할 수 있는 용기를 가르쳐줬기 때문에. 이제 나는 행복을 앞에 두고 불안해하지 않을 수 있을 것 같다. 나는 사진 찍는 것을 좋아한다.

의문

당신이 내 곁에 머무는 이유가 그간의 추억을 등질 자신이 없기 때문이라는 사실을 알았을 때, 나는 어떻게 반응해야 했을까. 언제부턴가 우리의 미래를 묻는 질문에 아무런 대답도 하지 않는 당신을 발견했을 때, 나는 어떤 표정을 지어야 했을까. 그땐 참 좋았는데, 라며 자꾸만 과거의 행복을 들추는 당신의 쓸쓸한 목소리에 나는 어떤 공감을 얹어야 했을까. 힘들어하는 당신을 내가 위로할 수 없는 이유가, 내가 나이기 때문이라는 사실을 알았을 때, 나는 어떤 위로를 전해야 했을까. 당신이 나와 함께하는 시간을 더 이상 행복으로 느끼지 않는 이유가, 내가 아닌 당신의 마음에 있다는 사실을 알았을 때, 이제 더 이상 함께할 수 없을 것 같다고 말하는 당신을 바라보며, 나는 어떤 말을 뱉어야 했을까.

사실 내가 궁금한 것은

이런 것들이 아니야.

내가 우리의 결말을 바꿀 수 있었을까, 하는 것이지.

사랑을 바라는 이유

예전에 사랑했던 사람에게,
하지만 끝내 나를 사랑하지 않았던 사람에게
나는 나를 사랑해 달라 말했다.

그때 그 사람은 내게 이렇게 물음을 던졌다.
"왜 나의 사랑을 원하나요?"
나는 망설임 없이 답했다.
"당신에게 사랑받고 싶으니까요."

몇 년 뒤,
나는 새로운 인연을 마주하게 되었다.
아픔을 핑계로 선뜻 마음을 열지 못하는 내게,
그렇게 자꾸만 더딘 걸음으로 다가가던 내게

그 사람은 말했다.

"저를 사랑해 주세요."

나는 이렇게 물었다.

"왜 나의 사랑을 원하나요?"

그 사람은 이렇게 답했다.

"당신에게 사랑을 건네고 싶으니까요."

그 사람은 나와는 다른 사람이었다.

사랑받고 싶어서가 아니라

사랑을 건네고 싶어서.

그것이 그 사람이 사랑을 바라는 이유였다.

목적지를 잃고 헤매일 때

나아가고 있는 모든 순간이
아무 의미없는 것처럼 느껴진다.

자신이 가야 할 길을 정확히 알고 나아가는 사람들 속에서
나만 길을 잃고 헤매이는 것 같은 기분.

확신을 품고 걸었던 길의 끝에서
예상치 못한 풍경을 만나게 되었을 때
우리는 자주 힘이 빠진다.

내 삶의 정답을 찾아 걸어온 길이
지금의 아픔을 만나게 한 것만 같아
자주 서글퍼진다.

하지만 그런 순간은 누구에게나 한 번쯤 찾아온다.

내 삶이 어디로 흘러가는지
내가 무엇을 향해 걷고 있는지 알 수 없기에,
모든 순간이 무의미하게 느껴지는 순간.

그렇게 길을 잃고
걸음을 옮기게 되는 시간을 누구나 만난다.

그러나 누군가는 그 시간을
나의 길을 찾아가는 시간이라 믿고
누군가는 그 시간을
그저 길을 잃고 허비하는 시간이라 여긴다.

누군가는 이 모든 과정이
나만의 걸음을 만들어 가는 것이라 믿고
누군가는 그저 의미 없는 걸음을 반복하는 것이라 믿는다.

지금의 걸음이 의미 없는 것이라 믿고 있는,

목적지를 잃고 힘없는 걸음을 옮기고 있는 당신.

그렇기에 초라한 것이 아니라
그렇기에 대견한 것이다.

목적지를 잃은 채로 나아가고 있기에 부족한 것이 아니라,
그럼에도 걸음을 옮기고 있기에 자랑스러운 것이다.

그런 순간이 있다.

어디로 가고 있는지 확실치 않아도,
무엇을 위해 나아가고 있는지 분명치 않아도
어디론가 걸음을 옮기고 있다는 사실만으로
나를 다독일 충분한 이유가 되는,
그런 순간이 있다.

그 모든 순간들이
진짜 나의 삶을 만들어 가는 과정이라는 사실을
믿어야만 하는 때가 있다.

머지않아 만나게 될 것이다.

당신이 원하는 풍경 속에서 미소 짓는
당신의 모습을 말이다.

아버지와 자전거

"아빠, 잘 잡고 있지? 놓으면 안 돼!"

"아빠가 있으니 걱정 말고 앞만 봐. 핸들 꽉 잡고 페달만 굴려!"

어릴 적 아버지께 자전거를 배우던 때를 기억한다. 키가 덜 자라 까치발을 들어야만 땅에 간신히 발이 닿던 때. 안전 장비로 온몸을 두르고 아버지를 따라나서던 때. 들뜬 마음으로 보조 바퀴를 떼어내던 때. 그 시절의 나는 어른이 되면 무서울 것이 없을 거라 생각했지만, 지금의 나는 그 시절의 나처럼 여전히 겁이 참 많다. 그저 그 두려움의 대상이 바뀌었을 뿐이다. 눈앞의 돌부리에 걸려 넘어지는 것이 두려웠던 시절을 지나, 삶의 고난에 부딪혀 넘어지는 것이 두려워진 나이가 되었을 뿐이다.

아버지께 자전거를 배우던 과정을 가만히 생각하다 보면 이상한 뭉클함이 밀려오곤 한다. 그 모든 과정이 내가 어른이 되어가는 과정과 매우 닮아 있기 때문일 것이다. 생각해 보면 정말 그랬다. 아버지는 언제나 나의 뒤에 계셨다. 학교에 들어가고 사춘기를 겪을 때에도, 성인이 되고 꿈을 향해 가족의 품을 떠날 때에도, 아버지는 늘 나와 함께였다. 언제나 내가 넘어지지 않도록 곁에서 잡아 주셨고, 두렵지 않도록 나의 뒤를 지켜 주셨다. 그 모든 사실을 알고 있었기에 나는 혼자서 발을 디딜 수 있었고, 두려움을 이겨 내고 달릴 수 있었다.

자식이 두려움을 이겨내며 땅에서 발을 떼고 페달을 굴릴 수 있는 이유는, 아버지가 나를 지켜 줄 것이라는 강한 믿음이 있기 때문이라는 글을 본 적이 있다. 이것은 비단 자전거를 탈 때에만 적용되는 이야기가 아닐 것이다. 누군가 나의 곁을 지키고 있다는 사실, 언제든지 기댈 수 있는 누군가를 향한 믿음이 짙게 깔려 있다는 사실만으로도, 우리는 두려움 없이 세상을 나아갈 수 있다는 의미일 것이다.

아버지라는 이름은 왜 자꾸만 나를 울리는 걸까. 무슨 이유 때문에 그 세 글자를 떠올리는 것만으로 이토록 마음이 뭉클해지는 걸까. 그 이유는 명확하다. 아버지라는 존재의 커다란 손을 부여잡고 삶이라는 땅 위를 달리기 시작했다는 사실. 당신의 손에 세월의 흔적이 깊게 그려졌을 때에도, 아버지는 여전히 나의 페달질을 바라보고 계셨다는 사실. 그리고 결국 이 경주를 끝까지 보지 못하실 거라는 사실…… 이 모든 사실을 딛고 선 채로 나는, 나만의 걸음을 찾고자 달리고 있는 것일 테다. 가끔 돌아보는 것으로 충분하다고 스스로를 위로하며, 나만의 행복을 찾고자 노력하는 것일 테다. 그것이 아버지의 행복일 것이라 믿으며. 어쩌면 지극히 이기적일 수 있는 마음으로.

나의 행복을 찾아 열심히 페달을 밟던 순간. 삭막한 세상 속 나의 자리 하나를 만들기 위해 부지런히 달리던 순간. 그 모든 과정에는 나의 뒤를 지켜주는 아버지가 있었다. 당신의 머리에 하얗게 눈이 내렸는데도, 이제 나는 혼자서 페달을 굴리는 것이 당연한 나이가 되었음에도, 여전히 아버지는 내게 자전거를 가르쳐주시던 그 시절 그 모습으로 나의 곁을 지키고 있다. 세월의 주름만큼 깊어진 눈으로, 삶의 고난을 겪으며 자꾸만 작아지는 당신을 부여잡으며 나를 향해 말하고 있다.

'아빠가 있으니 걱정 말고 앞만 봐.'

만약

꽤나 긴 시간 함께했던 사람.
그럼에도 끝내 멀어짐을 택했던 인연.

그 사람과 내가 함께했던 시간 속에는
그땐 인식하지 못했던 수많은 선택들이 있었다.

그 사람은 나와 함께했던 시간들을 어떻게 기억하고 있을까.

부질없는 생각임을 알면서도
한 번쯤 이러한 생각을 떠올리지 않을 수 없다.

시간을 되돌릴 수 없음을 알면서도
지금의 아쉬움을 달래기 위하여

자꾸만 과거의 가능성을 찾아 헤매는 우리이기에.

가끔은 떠올려본다.

그때 그 선택을 하지 않았더라면,
입술 새를 비집고 나오는 그 말을 뱉지 않았더라면,
묵혀 둔 마음을 조금 더 솔직하게 털어놓을 수 있었더라면,
곪아 가고 있는 마음을 방치하지 않았더라면,
서로의 다름을 한 번 더 들여다볼 수 있었더라면,
서로 다른 아픔이 각자의 삶에 머물지 않았더라면,
서로를 향해 한 번 더 손 내밀 수 있었더라면,
만약 그때가, 그때가 아니었다면,

우리는 지금 어디쯤에 서 있을까.
눈을 감고 되뇌어 본다.

지금 서 있는 곳에서 각자가 행복하다면
그것으로 된 것이겠지.

'만약'은 힘이 없다.

'지금'을 살고 있는 우리에게.

친구의 자리

　어른이 될수록 친구는 결코 가장 앞자리를 차지할 수 없다는 사실을 뚜렷이 느끼게 된다. 결국 가족이 우선이고, 사랑하는 사람을 만나면 어쩔 수 없이 뒷자리로 밀려나는 것이 친구인 것이다. 하지만 내가 사랑을 잃었을 때 나를 다독여주던 존재는 분명 친구였고, 가족을 떠나보냈을 때 가만히 품을 내주던 존재 또한 친구였다. 그래, 친구란 그런 것이다. 서로의 마음에 가장 앞자리를 차지하지 않아도, 주어진 그 자리를 묵묵히 지키는 것. 때로는 뒷자리로 밀려나더라도, 그렇게 눈에 띄지 않는 곳에서 서로를 지탱하는 것. 거창한 무엇을 기대하지 않고, 내가 가장 우선이길 바라지도 않는, 그토록 편안한 모습으로, 어떠한 부담도 안겨 주지 않은 채 삶의 길목에서 언제든 찾아와 쉴 수 있는 벤치가 되어 주는 것. 그러므로 '우리'

라는 벅찬 단어가 결코 어색하지 않은 존재. 어른이 되어
도 친구라는 이름은 여전히 내 마음을 뭉클하게 한다.

진짜는 남는다

세월을 겪을수록 선명히 다가오는 것들이 있습니다. 마음 떠난 사람을 억지로 내 옆에 세워 둔다 해도 끝내 그 자리를 뜨지만, 마음이 머무는 사람은 애써 붙잡아 두지 않아도 내 곁에 머문다는 것. 떠나는 사람은 여러 이유를 나열하며 떠나가지만, 남아있는 사람은 '나'라는 이유만으로 곁에 머문다는 것. 계속될 거라 믿었던 인연이 끊어질 때면 우리는 그 사람에 대한 생각으로 밤을 지새웁니다. 끝을 모르는 생각들이 끊임없이 꼬리를 물고 이어집니다. 하지만 그 사람에게서 '나 자신'으로 시선을 돌려야 하는 때가 옵니다. 내게서 마음을 거두고 떠난 상대가 아닌, 그러한 아픔을 겪고 있는 나 자신으로. 내가 없는 일상을 아무 일 없다는 듯 살아가고 있는 상대가 아닌, 무너진 일상에서 헤매고 있는 나 자신으로. 그 사람을 향한 시선을 나에게로 돌릴 때, 비로소 우리는 내 곁에 존재하는 많은 것들을 발견하게 됩니다. 변함없는 따스함으로 나를 바라보는 사람이 있습니다. 한결같은 모습으로 가만히 머무는 마음이 있습니다. 진득한 진심을 품은 채 조용히 곁을 지키는 이름이 있습니다. 벅찬 행복을 함께 만들어가면서도 결코 불안하지 않은 인연이 있습니다. 떠나는 이들에 너무 많은 미련을 두지 말아요. 진짜는 분명 남습니다.

소통의 의미

마음속에 털어놓지 못한 응어리를 간직한 채 멀어진 관계는 짙은 아쉬움을 남긴다. 누구보다 가까웠음에도 거짓말처럼 멀어진 관계. 분명 털어놓을 이야기가 남아있었음에도 끝내 서로의 마음을 열어젖히지 못한 관계. 그런 관계를 떠올리다 보면, 못다 한 이야기가 날카로운 미련이 되어 자꾸만 마음을 찌른다. 자꾸만 뒤를 돌아보게 한다. 서로에게 담아 둔 마음을 터놓을 수 있었다면 어땠을까. 그간 쌓인 모든 감정들을 잠시만 치워둔 채 이야기를 나눌 수 있었다면 어땠을까. 그때 그 질문을 던졌으면 어땠을까. 서로를 향해 조금만 용기를 낼 수 있었다면, 우리는 어떻게 되었을까.

우리에게도 서로의 감정을 기탄없이 털어놓던 순간

이 있었다. 하지만 시간과 함께 무뎌진 우리는, 언제부턴가 자신의 감정을 쉽사리 꺼내지 않았고 상대의 감정 또한 안아 주지 않았다. 돌아보면 우리의 관계가 그렇게 흘러간 이유는 커다란 사건에 있지 않았다. 마음을 외면하고 외면받았던 아주 사소한 순간들이 모여, 우리는 각자의 문을 닫았던 것이다.

관계는 소통을 기반으로 한다. 그리고 소통이란, 어느한 사람에게 생겨난 문제를 함께 들여다보려 노력할 때비로소 가능하다. 무엇이든 털어놓아도 괜찮다는 마음. 당신에게 생겨난 감정이 결코 혼자만의 것이 아니라는 마음. 그런 마음이야말로 우리를 무엇이든 털어놓을 수 있는 관계로 이끈다. 오랜 시간 변치 않는 모습으로 함께할수 있는 굳건한 '우리'를 만든다.

여러 관계를 겪으며 깨닫게 된 사실이 있다. 멀어지려마음먹은 사람은 어떤 감정도 꺼내놓지 않는다는 것. 마음을 도려낼 때 가장 먼저 하게 되는 행동은 다름 아닌, '침묵'이라는 것. 누군가를 향해 감정을 꺼내놓는다는 것은, 그만큼 그 사람과의 관계에 진심이라는 의미다. 온전한 마음을 나누고자 다가와 주고 있다는 의미인 것이다. 그러므로 나는, 나에게 털어놓는 누군가의 진심이, 때로는 그 안에 담긴 것들이 서운함이나 투정일지라도, 전부 나에게 다가오기 위한 걸음이라는 것을 알기에 그들에게 감사하다. 진심을 털어놓는 서로를 외롭게 하지 않고, 우리를 위해 서로의 문을 기꺼이 열어젖힌 용기를 알아봐 주는, 그런 관계로 우리가 언제까지나 함께할 수 있기를 바란다. 털어놓는 것으로 자신의 감정이 해결될 수 있다고 충분히 믿을 수 있도록, 자신의 감정을 잘못이라 느끼는 순간이, 우리에게 존재하지 않을 수 있도록.

질문

　한 사람이 슬픔을 참아낸다. 온 힘을 다해 참아내고 있지만, 참아내고 있다는 사실마저 숨길 수는 없다. 최대한의 덤덤함을 담아 자신의 이야기를 털어놓는다. 그러면서도 너무 많이 꺼내 놓아서는 안 된다고 생각한다. 무작정 힘들다고, 힘들다고, 그냥 너무 힘들다고, 말해 버리면 안 되는 것이라고 그렇게 생각한다. 그렇게 말해 버리면 상대에게 대책 없는 위로의 의무를 떠안길 수밖에 없다는 사실을 알고 있다. 그렇기 때문에 힘들다는 말을 다른 문장 속에 숨긴다. 그냥 어떻게 해야 할지 모르겠어서…… 무엇이 문제인지 알고 싶어서…… 힘들다는 말 감추기 위해, 상대에게 너무 많은 짐을 떠넘기지 않기 위해, 하지만 조금의 온기라도 전달받기 위해 여러 말들을 늘어놓는다. 최대한 아무렇지 않다는 표정을 지어 보인다. 하지만 마

주 앉은 사람이 그저 조용히 건넨 한마디에 다잡고 또 다
잡은 마음이 덜컥 내려앉는다.

　"많이 힘들었지?"

　모든 마음이 쏟아져 나온다.
　너무 힘들었다고, 여전히 너무 힘들다고, 담아둔 문장
을 마구 꺼내둔다.
　그저 질문 하나 던졌을 뿐인데,
　그 질문은 사람의 마음을 열어주는 열쇠가 된다.

　질문 없는 사랑은 없다는 말.
　어머니께서 해 주신 그 말을 들었을 때, 나는 그 말이
어떤 의미인지 알지 못했다. 하지만 누군가 내게 전하는
진심 어린 질문을 마주했을 때, 나는 그 의미를 어렴풋이
알 수 있었다. "많이 아팠었구나"라는 말보다 "많이 아팠
지?"라는 말이 더욱 깊게 다가오는 이유가 무엇일까. "힘
들었겠다"라는 말보다 "힘들었지?"라는 말이 더욱 가슴
에 사무치는 이유가 무엇일까. "많이 외로웠겠구나"라는

말보다 "많이 외로웠지?"라는 말이 우리를 더욱 눈물짓게 하는 이유가 무엇일까. 어떤 질문 속에는, 너의 감정을 전부 꺼내 두어도 괜찮다는 문장이 함께 자리하고 있다. 그리고 그 질문은 우리를 기꺼이 그 사람의 가슴 안으로 파고들게 한다. 최대한 많은 질문을 던지고 싶다. 그 질문 속에 최대한의 진심을 담아내고 싶다. 가슴에 고여 있는 여러 감정들에게 조용히 말을 건네고 싶다. 문을 열어젖혀도 괜찮다고, 그렇게 말해 주고 싶다.

"많이 힘들었지?"

어떤 말을 마음에 새길 건가요

새로운 출발의 시작점에서, 누군가 내게 할 수 없을 거라 말할 때, 할 수 있다고 말해 준 사람이 있었다. 사랑을 잃고 나 자신 또한 잃어가던 순간, 내가 두 번 다시 사랑받지 못할 거라는 듯 나를 바라보던 시선들 속에, 내가 여전히 사랑받아 마땅한 사람이라는 믿음을 전하던 시선이 있었다. 실패를 마주했던 순간, 내가 더 이상 일어설 수 없을 거라는 수군거림 가운데, 그 모든 과정들이 나를 더 좋은 곳으로 데려다 줄 거라는 믿음을 전하는 한마디가 있었다.

가끔씩 스스로를 돌아보는 시간을 갖다 보면, 이상한 점을 발견할 때가 있다. 소중한 사람들이 건네는 모든 마음을 외면한 채 중요하지 않은 사람의 스치는 한마디에 마구 흔들리는 나의 모습, 누구보다 나를 잘 아는 사람들의 말을 믿지 못한 채 나를 잘 알지 못하는 사람이 별다른 고민 없이 뱉은 한마디로 자꾸만 작아지고 있는 나의 모습을 발견하게 되는 것이다. 머무는 마음은 당연하다는 듯 지나쳤고, 갑작스레 끼어든 타인의 한마디는 기어코 나를 멈추게 했다. 그렇게 나는, 나를 향한 누군가의 한마디 중 가장 날카로운 것을 골라, 그 위에 주저앉아 시간을 보냈다. 스치는 사람의 스치는 한마디에 혼자만 오랜 시간 머물렀던 때가, 너무도 많았다.

어쩌면 나를 멈춰 서게 한 것은 나를 향한 부정적인 말이 아닌, 그것을 믿어버린 나 자신인지도 모른다. 이제는 안다. 나를 주눅 들게 하는 말들에서 발길을 옮기는 것도 나의 선택이고, 무엇을 바라보고 살아갈지 또한 나의 몫이라는 것. 나를 향한 믿음은 결국 내가 만들어가는 것이기에, 마음에 어떤 문장을 새겨넣을지 우리는 선택할 수 있다는 것. 지금껏 많은 고난을 함께 넘어 온 지금의 나를 의심하지 않는다면 우리는 타인의 가벼운 판단에 무너지지 않을 수 있을 것이고, 스스로를 향한 신뢰를 마음

속에 굳건히 심어둔다면 우리는 흔들리지 않을 수 있을 것이다. 타인의 스치는 한마디에 너무 마음 쓰지 않기를. 나를 향해 진심 어린 관심을 전하는 사람들의 눈에 담긴 그 모습이, 흔들림이 사라진 굳건한 모습으로 자신을 바라볼 때 그 눈에 담긴 나의 모습이, 진짜 나의 모습이니.

스카프

만나던 사람이
스카프를 잃어버렸다.
거추장스러워 잠깐 머리에 묶어 두었는데
그만 풀려 버린 모양이었다.

"똑같은 걸로 하나 사 줄게."
"싫어. 할머니가 사 주신 소중한 거란 말이야."

그 사람은 내 손을 잡고
걸어온 길을 되짚으며 애타게 스카프를 찾았다.
세심하게 챙기지 못한 자신을 탓하며,
영영 찾지 못할지도 모른다는 불안을 품은 채로.

한참을 그렇게 헤매다가
결국 찾을 수 없을 거라 생각하고 돌아서려던 찰나,
우리는 가로등 옆 구석에 떨어져 있는 스카프를
기적적으로 발견했다.

그 사람은 아이처럼
행복해하며 웃었다.

그 사건 이후로
그 사람은 그 스카프를 더욱 소중히 여기게 되었다고 했다.
한 번 잃어버린 경험이 소중함을 더욱 일깨워 주었다나.

그리고 훗날,
그러니까 몇 번의 계절이 다녀간 뒤,
나 또한 그 사람이 스카프를 잃어버렸을 때처럼
깊은 자책과 불안에 시달리게 되었을 때,

나는 그 사람과 달리,
다시 웃을 수 없었다.

사람은 물건처럼

찾아 헤맨다고 돌아오는 것이

아니었기 때문이었다.

다시 갈 수 없는 여행지

우리는 사랑해 마지않던 어느 여행지에
잠시 머물렀다는 사실만으로
그토록 행복하게 그 시절을 추억하는데,

가끔 그 시절을 떠올리는 것만으로
엷은 미소가 지어질 만큼
벅찬 행복감에 젖어 드는데,

혹여나
다시는 그곳에 가지 못하게 된다 해도
속상해하거나
슬퍼할지언정,

그곳을 온 마음으로 미워하거나
원망하지 않는데

왜 사람에게는 그러지 못하는가.

완벽하지 않아도

한때 나는 완벽한 사람이고 싶었다. 무엇이든 척척 해내서 사람들을 감탄하게 하고 싶었고, 모두를 챙기면서도 스스로를 잃지 않을 수 있는 굳건한 사람이고 싶었다. 어떤 상황에서도 평정심을 잃지 않을 수 있는 사람이고 싶었고, 감정 컨트롤에 능숙한 사람이고 싶었으며, 넓은 마음으로 타인을 이해할 줄 아는 사람이고 싶었다. 만남을 두려워하지 않으면서도 이별을 어른스럽게 받아들일 수 있는 사람이고 싶었고, 어떤 고난을 만나더라도 스스로를 향한 믿음을 잃지 않는 사람이고 싶었고, 어떤 상황 속에서도 결코 무너지지 않을 수 있는 사람이고 싶었다.

하지만 세상을 겪으며 완벽과는 거리가 먼 나의 모습을 자주 발견하곤 했다. 때로는 실수를 저질러 사람들을 당황하게 했고, 타인을 챙기느라 스스로를 내팽개치곤 했으며, 자주 평정심을 잃었다. 때로는 감정 컨트롤에 능숙하지 못해 소중한 사람에게 걱정을 끼치기도 했고, 나와 다른 타인을 이해하지 못해 소중한 인연을 잃기도 했다. 이별 앞에 성숙하지 못한 모습을 보이기도 했고, 뜻하지 않은 고난에 자신감을 잃어가기도 했으며, 힘든 상황이면 자주 무너졌다. 그럴 때면 나는 완벽하지 못한 스스로를 책망했고, 나 자신을 쓸모없는 사람이라 생각하기도 했다.

그 시절의 나는 정말 쓸모없는 사람이었던 걸까. 내가 원하는 모습으로 매 순간을 살아 내지 못했다고 해서, 스스로를 책망할 필요가 있었을까. 어쩌면 그때의 나는 진정 스스로를 사랑하는 방법을 알지 못했던 것인지도 모르겠다. 이제는 안다. 사람은 누구도 완벽할 수 없을뿐더러, 완벽하지 못한 모습을 마주한다 해도 스스로를 미워할 필요가 없다는 것을. 무작정 자신을 질책하는 것보다, 먼저 자신의 부족함을 따스한 시선으로 바라봐 줄 줄 아는 것이야말로 건강하게 나를 성장시킬 수 있는 길이라는 것을. 자신이 좋은 사람이길 바라는 빛나는 마음이, 스스로를 옥죄는 이유가 되어서는 안 된다는 것을.

돌이켜보면 나는 완벽한 것보다 완벽하지 않은 것들

을 사랑했다. 아무것도 모른다는 표정으로 나를 바라보는 강아지의 순수한 눈망울을 사랑했고, 어른스러운 사람이 되겠다던 친구의 단단함 사이로 삐져나오는 서툰 표정을 사랑했고, 호기심 가득 머금은 채 세상을 향한 질문을 마구 뱉어대던 어느 아이의 천진난만한 미소를 사랑했다. 언제나 자신만만했던 그 사람의 가려진 뒤편에 세상을 향한 불안감 또한 존재한다는 것을 알았기에 곁에서 함께 걷고 싶었고, 언제나 밝게 웃었지만 슬픔을 마주한다는 것에는 누구보다 서툴다는 것을 알 수 있었기에, 있는 힘껏 안아주고 싶었다. 슈퍼맨 같던 아버지도 뜻대로 되지 않는 세상 앞에 고개 숙일 때가 있다는 것을 알았기에, 아버지를 더욱 이해할 수 있었고, 어머니도 어머니가 처음이라는 사실을 알았을 때, 비로소 내가 어머니를 위로할 수 있었다.

우리는 서로의 빈틈을 발견하면
그 안으로 비집고 들어가 서로를 품고 싶어진다.

그 틈을 채움으로써

기꺼이 서로의 일부가 되고 싶어진다.
마구 사랑하고 싶어진다.

완벽하지 않은 무언가를 향해
마음을 건네 본 사람은 알 수 있다.
소중한 존재의 빈틈을 향해 한 세월을 내달려본 사람
은 알 수 있다.

완벽하지 않아도 좋다.
완벽하지 않은 우리이기에,
완벽하지 않은 나이기에,
충분히 사랑할 수 있다.

완벽하지 않아도 좋다.

완벽하지 않은 우리이기에,

완벽하지 않은 나이기에,

충분히 사랑할 수 있다.

그런 사람 하나 없다면

사람이 많다고 해서 무슨 소용이 있겠는가.

좋은 일에 진심으로 기뻐해 줄 사람 하나 없다면

어느 봄날 무작정 전화를 걸어
함께 소풍가자 말할 수 있는 사람 하나 없다면

숨겨 둔 나의 마음까지 꺼내 보일 수 있는 사람 하나 없다면

겉으로 보이는 모습이 아닌
내면을 들여다봐 주는 사람 하나 없다면

진심을 담은 문장 한 줄

정성스레 읽어 주는 사람 하나 없다면

내가 나라는 이유만으로
소중하다 말해 주는 사람 하나 없다면

혼자라고 느껴질 때
가만히 안아 주는 사람 하나 없다면

우산 없이 함께 비에 젖어 줄 사람 하나 없다면

외로이 울부짖는 나의 곁에
가만히 머물러주는 사람 하나 없다면

어떤 고난을 만나더라도
끝까지 함께 걷자 말해 주는 사람 하나 없다면

그런 사람 하나 없다면.

담요

사고 싶은 담요가
품절이라 아쉽다고
말하는 그 사람에게
겨울이 오긴 왔구나,
하고 말할 때.

며칠 뒤면 크리스마스인데
그게 무슨 말이냐며
어이없다는 듯 웃는 그 사람에게
봄처럼 따스하다고
당신 덕분이라고
사실 그런 의미가 담겨 있는 거라고
쑥스러워 말하지 못할 때.

겨울이 두렵지 않을 때

겨울이,
쓸쓸하기만 한 계절이 아니라고
그렇게 믿어질 때.

우리라는
담요를 덮고 있을 때.

당신이 함께하고 싶은 사람

유독 나를 작아지게 만드는 사람이 있다.
평소 나답지 않게 자주 주눅이 들게 되고
작은 일에도 괜한 서운함을 느끼게 되는 사람.

그런 사람과의 관계가 끝나면
자신이 무척 모자란 사람이라 느껴지곤 한다.
어느 누구를 만나더라도
또다시 이런 모습을 보이게 될 것만 같은
불안까지 찾아오곤 한다.

하지만 그럴 때 우리가 잊지 말아야 할 것은
관계는 너무도 상대적이라는 사실이다.
누군가의 곁에서 자주 서운함을 느끼던 내가,

다른 누군가를 만나면
작은 일에 서운해하지 않고 가볍게 넘기게 되고,

누군가의 말 한마디에도 한없이 작아지던 내가,
다른 누군가를 만나면
사소한 행동에 쉽게 주눅 들지 않게 된다.

누구와 함께하고 마음을 나누느냐에 따라
우리는 전혀 다른 모습의 나를 꺼내게 된다.

분명 모두 당신의 모습이다.
하지만 어떤 모습으로 살아갈지
우리는 선택할 수 있다.

당신을 초라하게 만드는 사람에 의해
스스로를 부족하다 느끼지 않기를.
그 모습이 당신의 전부라 여기지 않기를.

다른 누군가의 곁에서 충분히 아름다울 당신이기에.

사랑의 의무

　길었던 연애의 끝자락에 마주했던 그 시절 우리의 의무감을 기억한다. 사랑이 사라진 자리에 쓸쓸히 홀로 남은 의무감을 기억한다. 오랜 시간 함께했던 연인이기 때문에. 쉬는 날 함께 시간을 보내야하기 때문에. 미래를 함께하기로 약속했기 때문에. 언제부턴가 우리가 서로에게 건네던 행동들은 대부분, 함께해온 시간을 지키기 위한 의무감에서 비롯되었다.

　"이번 휴가 때 여행 갈 거지?"
　"응. 그래야지."

　여행지는 당연하다는 듯 최대한 가까운 곳. 피곤하니 일정은 최대한 짧게. 그렇게 함께 떠난 여행에서 나는 이상한 점을 느꼈다. 그토록 잘 이어지던 우리의 대화는 뚝뚝 끊겼고, 언제나 편안하던 우리 사이의 공기는 차갑게 내려앉았다. 꼭 해야 하는 말만을 꺼냈고, 꼭 해야 하는 행동만을 했다. 하지만 무엇보다 이상했던 것은 그럼에도 바닷가를 걸을 때면, 손을 꼭 잡았다는 것이다. 평소와 다름없이 손을 잡고 있었지만, 우리는 분명 우리가 아닌 각자였다. 그 사람은 그때 그 여행에서 무엇을 느꼈을까. 나와 손을 맞잡으며 어떤 감정을 느꼈을까. 당연하다는 듯 등을 돌리고 잠을 청하며 어떤 생각을 했을까. 나는 알지 못한다. 그 여행을 끝으로 우리는, 서로를 향한 의무를 내려놓았기 때문이다.

　무엇도 의무라 여기지 않았던 때가 우리에게도 있었다. 서로의 일상이 무탈하길 바라는 마음으로 매일 저녁 전화를 걸고, 상대가 행복해하는 모습을 상상하며 좋아하는 음식점을 예약하던 때. 바쁜 평일 뒤에 찾아오는 황금 같은 주말을 기꺼이 함께하고, 더 많은 시간을 함께하고 싶어 휴가 일정을 하루도 빠짐없이 우리의 시간으로 채우던 때. 그때의 우리는 그 모든 행동에 어떠한 의무감도 느끼지 않았다. 하지만 시간과 함께 서로를 향한 마음이 희미해진 우리는, 서로에게 건네는 행동들을 하나둘 의무로 여기기 시작했다. 서로를 향한 마음이 잘려 나간 빈 공간을 의무감으로 채우려 했다. 그렇게 부담이 잔뜩 끼어버린 우리의 부자연스러운 관계는 그리 오래가지 못했다.

무엇이 문제였을까. 우리 관계에 의무가 생겨난 것 자체가 문제였을까. 그렇진 않을 것이다. 긴 시간을 함께하며, 일말의 의무도 생겨나지 않는다는 것은 분명 불가능한 일이다. 하지만 그 의무를 받아들이는 모습은 모두 다를 것. 사랑을 지켜내기 위한 자신의 행동들이 의무로 느껴지는 순간을 우리는 종종 만나게 되지만, 그 의무의 밑바탕에 사랑이 단단히 자리할 수 있다면, 그것은 더 이상 의무가 아닐 것이다. 누군가는 사랑을 지켜내기 위한 자신의 행동들을 버거운 의무라 여기고, 누군가는 사랑하기 때문에 기꺼이 전하는 행동들이라 여긴다. 짙은 사랑은 무엇도 의무라 여기지 않을 수 있는 기적을 만들어낸다. 오랜 세월을 함께 나아가는 두 사람 사이에 그런 사랑이 자리할 수 있기를 바란다. 사랑하기 때문에, 상대의 행복이 나의 행복이기 때문에, 다른 누구도 아닌 내가 원해서 하는 것이라 여길 수 있는 마음을 가질 수 있기를. 그런 기적이 두 사람 사이에 존재하기를. 사랑이라는 바탕 위에 의무가 놓일 수 있기를.

대견함

나 자신에게 '대견하다' 말해 본 적이 있는가를 떠올려 봅니다.

뚜렷한 순간이 떠오르지 않습니다.

타인에게는 자주 말해본 것 같은데,

도무지 나를 향해서는 입술이 떨어지지 않는 탓입니다.

현실이 우리를 지나치게 짓누르는 탓일까요.

그 현실을 버텨 내기 위하여 자신에게 그런 느슨함을 허락할 수 없는 탓일까요.

아니면 스스로 세워 놓은 너무 높은 기준 때문일까요.

언제부턴가 우리가 해내야 할 일은 정해져 있었습니다.

늘 의연하게 살아가야했고,

일상에 끼어드는 고난에 주저앉아선 안 되었습니다.

매 순간 원하는 바를 충실히 이루어 나가야 했고,
힘없이 무너져선 안 되었습니다.
그 모든 일들은 언제부턴가 꼭 해내야만 하는 일이 되어
있던 것입니다.
그럭저럭 해낸다면 다행스러운 일.
만약 해내지 못한다면 책망받아야 마땅한 일이 되어 있던
것입니다.

타인의 일상에 숨겨진 대견함까지 발견해주던 그런 시선을
왜 나 자신에게는 건네지 못했던 것일까요.
생각해 보면 내가 결코 무시해서는 안 될 수많은 흔적들
이 있었습니다.
고난에도 포기하지 않고 묵묵히 그 자리를 지켜내던 때.
나를 찾아든 고민을 전부 들여다보며 용기를 내 발길을
옮겼을 때.
그 모든 순간에는 내 마음 깊은 곳에 새겨진 보이지 않는
발자국들이 남았습니다.
잘 버텨 온 자신을 충분히 대견스러워 할 만한 수많은 순
간들이 있었습니다.

오늘은 스스로에게 말해 보는 것이 어떨까요.

그 모든 순간들을 겪어 낸 당신의 노력을 가장 잘 알고 있는 사람은,

다름 아닌, 당신 자신일 테니까요.

타인에게 건네던 따스한 마음을 나에게 떼어줄 수 있다면,

분명 전할 수 있을 것입니다.

나의 일상에 숨겨진 대견함을 발견해 줄 수 있을 것입니다.

나의 행복을 위해 누구보다 노력해 온 사람.

나의 아픔을 누구보다 잘 알고 있는 사람.

내 삶의 모든 걸음을 지켜본 유일한 사람.

그러므로 나를 향한 대견하다는 말 속에 가장 큰 진심을 담을 수 있는 존재.

우리는 모두 스스로에게 그런 존재입니다.

시절인연

"덕분에 즐거웠습니다. 잘 지내세요."

여행길에 잠시 동행했던 사람이 건넨 마지막 말이 간혹 마음에 맴돈다. 언제부턴가 여행길에 우연히 만나 인연을 맺은 사람들과 헤어질 때면, 적절한 인사말을 고민하게 된다. 언제 다시 만나자며 지키지도 못할 약속을 하고 싶지도 않고, 지금의 아쉬움으로 인해 섣부른 감정을 내뱉고 싶지도 않다.

몇 번의 여행이 있었고, 그때마다 적지 않은 사람들을 만났지만, 그 인연이 끝까지 이어지기는 쉽지 않았다. 대부분의 인연들은 그 시간들을 한때의 추억으로 남긴 채 각자의 삶으로 흩어졌다. 짧지만 소중했던 시간 속 주고받았던 깊은 대화들은 각기 다른 일상 속에서 각자의 의미로 간직된다. 때로는 순간의 인연으로 끝나버렸다는 사실이 무척 서운하게 느껴지기도 한다. 하지만 아쉬운 마음에 다시 약속을 잡게 되더라도, 그때 그 장소에서 나누던 온기를 되살리기란 쉽지 않음을 안다. 각자의 마음속 많은 것들이 달라졌기 때문에.

불가에는 시절인연이라는 말이 있다. 한 시절 서로에게 머물렀던 인연이라는 뜻이다. 누군가는 이 단어를 무척 아프게 여길 수도 있을 것이다. 그저 한 시절 서로에게 머물렀을 뿐인, 결국 최후까지 함께하지 못했던 인연, 쯤으로 생각할 수도 있다. 하지만 나에게는 이 단어가 무척 애틋하게 다가온다. 모든 인연이 끝까지 내 곁에 남아 있을 수는 없다는 사실을 이제는 알기 때문이다. 각기 다른 상황 속에서, 각기 다른 정답을 찾아 헤매던 우리가 만났던 그때, 저마다의 이야기를 품은 서로의 모습이 무척 아름답게 느껴지던 그때. 다시 만날 수 없는 그 시절의 우리. 그런 우리가 지나간 인연이 되었다는 사실이, 간혹 마음 아프게 다가오지만, 지난 인연들을 떠올릴수록 분명해지는 사실은, 서로의 마음을 포개며 온기를 나누던 순간이 우리에게도 있었다는 것이다.

전부를 쏟았지만 생각보다 짧은 시간을 함께하게 될 수도 있다. 눈부시게 찬란했던 시간의 끝에도 결국 각자의 길을 향해야만 하는 미래가 기다리고 있을지도 모르고, 절대 변하지 않을 것처럼 편안한 관계의 끝에도 생각지도 못한 헤어짐이 기다리고 있을지 모른다. 하지만 추억과 헤어짐 중, 무엇에 더 무게를 둘 것인지는 우리의 몫이다. 나는 이렇게 생각하기로 한다. 끝까지 함께하지 못했을지라도, 예상치 못한 일들로 멀어지게 되었을지라도, 그 인연은 부족했던 것이 아니다. 어느 한 시절을 따스히 채워준, 그것으로 충분히 그 역할을 다 한, 시절인연이다.

한 시절을 함께했던 이들을 떠올리며 가만히 속으로 중얼거려본다.

덕분에 즐거웠습니다. 잘 지내세요.

뒤를 돌아보며

자꾸만 지나온 길을 돌아본다.
여태껏 내가 새겨온 자취를 굳이 하나둘 되짚는다.
과거에 대한 아쉬움이 마음 깊이 스미는데도
계속해서 뒤를 돌아본다.
가 보지 못한 길에 대한 미련과,
지난날의 부족했던 순간에 대한 후회가
자꾸만 말을 건네 올 것을 알면서도
굳이 또 한 번, 고개를 돌려 본다.

우리는 왜 이토록 자주 뒤를 돌아보는 것인가.
다시 돌아갈 수 없음을 모르는 것도 아닌데,
부족했던 모습을 발견하게 될 텐데.
지나온 길 위에서 무던히도 서툴렀던 나의 모습을,

나아가고 방황하기를 반복했던 지난날 나의 걸음을,

왜 자꾸만 되짚어 보는 것인가.

문득 이런 생각이 든다.

어쩌면 우리는, 찾아내고 싶은 것인지도 모른다는 생각.

그 시절 우리가 걸어온 자리에

무엇이 피어나고 있는지 확인하고 싶은 것인지도 모른다

는 생각.

불필요한 미련과 후회를 걷어 낸 눈으로,

지난날의 경험이 현재의 나에게 남긴 가치들을

남김없이 발견하고 싶은 것인지도 모른다는 생각.

뒤를 돌아본다는 행위에는

과거에 대한 미련과 후회만이 담겨 있는 것은 아닐 것이다.

어떤 돌아봄에는

더 밝은 내일을 향한,

더 나은 나 자신을 향한,

의지가 담겨 있는 것이다.

나의 행복을 위해 누구보다 노력해 온 사람.

나의 아픔을 누구보다 잘 알고 있는 사람.

내 삶의 모든 걸음을 지켜본 유일한 사람.

우리는 모두 스스로에게 그런 존재입니다. ●

아팠었다

　내 안에 무엇인가 불편한 것이 찾아왔다고 느낄 때면 나는 곧장 편한 옷을 챙겨 입고 거리를 나선다. 나의 마음을 가장 잘 대변해줄 수 있는 음악을 고르고는 무작정 걷는다. 친구에게 전화를 걸어 볼까, 하다가 금방 포기한다. 혼자서 해결하는 편이 낫다. 괜한 짐을 넘겨 주지 말자. 그렇게 곱씹는다. 언제부터였을까. 누군가에게 아픔을 털어놓기에 앞서 여러 종류의 걱정부터 떠올리게 된 것이. 예전에는 나 자신이 아픔을 숨김없이 털어놓을 줄 아는 사람이라고 생각했다. 아픔의 순간을 드러내는 것에 거리낌이 없는 사람이라고 믿었다. 어쩌면 언제까지나 스스로를 그런 사람이라 착각하며 살았을지도 모르겠다. 너는 '아프다'가 아닌, '아팠었다'는 표현을 잘하는 사람이라는 친구의 말을 듣지 않았다면.

그 말을 해 준 친구에게서 전화가 왔다. 아버님의 부고
였다. 친구의 떨리는 목소리를 들으며 슬픔과 걱정이 동
시에 밀려왔다. 빨리 가겠다는 나의 말에 친구는, 천천히
조심해서 와, 하고 답했다. 기차에 몸을 싣고, 어떤 말을
건네야 할지 생각했다. 커다란 슬픔을 겪고 있을 친구에
대한 걱정과 힘이 되어주지 못했다는 미안함이 마구 뒤섞
였다.

　　장례식장에서 마주친 친구의 모습은 꽤나 덤덤했다.
자주 찾아오지 못해 미안하다는 말을 꺼내기도 전에, 친
구는 와줘서 고맙다는 말로 나를 맞아주었다. 나는 일을
거들며, 장례 절차가 끝날 때까지 함께했다. 아버지를 수
목장에 모시고 모든 가족들이 떠난 뒤에도, 한동안 친구
는 그 자리를 떠나지 않았다. 친구는 그렇게 고개를 숙인
채, 아버지의 묘를 멍하니 바라보았다.

　　친구의 아버지가 오랜 시간 투병 중이셨다는 사실을,
자주 통화를 나누었기에 알고 있었다. 하지만 돌이켜보
면 그 시기를 겪으며 친구는 한번도 내게 힘든 내색을 하
지 않았다. 친구는 그러한 아픔을 겪으면서도 나의 일상
을 챙겼고, 나의 안부를 물었다. 그리고 돌아가는 차 안에

서, 비로소 친구는 아버지의 길었던 투병 과정을 처음으로 자세히 말해주었다. 그 시기에 나를 향해 전하던, '괜찮다'는 언어 뒤에 숨겨진 아픔의 과정들을 처음으로 자세히 말해주었다. 그 모든 과정을 겪어내며 한 번도 내게 아픔을 드러내지 않았다는 사실이, 나를 아프게 했다. 내게 털어놓지 그랬냐며 핀잔을 주는 내게 친구는 옅은 웃음을 보이며 말했다.

"괜찮아. 너도 힘든데, 뭐."

그리고 친구는 한마디 말을 덧붙였다.
"힘든 내색은 하지 않았지만, 나 너에게 충분히 의지하고 있었어. 곁에 있어 줘서 고맙다."

어른이 되어갈수록 우리는 아픔을 숨기게 되고 타인에게 기대지 않게 된다. 그저 시간이 흐른 뒤, 아팠었다, 하고 나지막이 읊조릴 뿐이다. 결국 혼자서 짊어져야만 한다는 것을 알기 때문일까. 아니면 아픔의 무게를 타인에 전가하는 것이 미안한 것일까. 어쩌면 나의 아픔에 어떤 식으로든 반응해야 할 상대의 곤란을 견디지 못하는 것인지도 모르겠다. 자신이 아픔을 겪는 그 순간조차 상대의 감정을 생각하게 된 우리는 어른이 된 것일까. 혼자서 아픔을 감당하려 애써 온 친구의 모습에서 나를 향한 배려가 느껴졌다. 그 진심이 가슴 깊이 파고들었다. 어느덧 우리는, 아픔의 순간 서로가 서로에게 기꺼이 어깨를 내어줄 것이라는 사실을 전혀 의심하지 않는 관계가 되었고, 아픔의 순간 서로가 내어주는 어깨에 괜한 짐을 지우는 것이 아닌지를 염려하는 나이가 되었다. 서로의 아픔을 거리낌 없이 마구 꺼내놓던, 어린 시절이 가끔은 그리워진다.

돌아가는 기차 안에서 생각했다. 세월이 흐를수록 늘어만 가는 모든 아픔을 혼자서 버텨낼 수 있을까. 지금 이 순간에도 덤덤히 견뎌내고 있을, 감히 헤아릴 수 없는 친구의 아픔에 나는 어떤 온기를 전할 수 있을까. 우리 삶에는 혼자서 버텨낼 수 없는 아픔의 순간들이 찾아온다. 서로의 어깨에 기대어 그 무게를 덜어내야만 견뎌낼 수 있는 아픔의 순간들이 찾아온다.

이제는 놓치고 싶지 않다. '아팠었다'고 말하는 사람의 뒤에 감춰진 무수한 '아프다'의 순간들을. '괜찮다'고 뱉어내는 우리의 언어 속에 담긴 서글픈 마음들을. 비록 우리가 아픔의 순간 솔직하게 아픔을 내보이지 못하더라도, 시간이 흐른 뒤 아팠었다고, 정말 많이 힘들었다고 누군가에게 말할 수 있다면, 그런 사람이 우리 곁에 머무른다면, 조금은 살아갈 힘을 얻을 수 있을지도 모른다. 분명 그것만으로도 충분한 것인지도 모른다. 하지만 그럼에도 불구하고, 비록 솔직하게 아픔의 순간을 내보이기 힘든 우리일지라도, 아팠었던 순간이 아닌, 아픔의 순간에, 감춰둔 아픔을 편히 터놓을 수 있는 깊은 신뢰를 머금은 모습으로 서로의 곁에 머무를 수 있었으면 좋겠다. '아팠었다'는 한마디를 태연히 뱉기 위해, 무수한 '아프다'의 순간들을 버텨내고 있는 모든 사람들이 편안하기를 기원해 본다.

그곳으로 가자

아무도 모르는 곳으로 가자.

나를 아는 어떤 사람도 없는 곳으로.

부드러운 바닷바람만이 나를 반기는 곳으로.

조금 외롭더라도 충분히 괜찮은 곳으로.

이 긴 밤을 혼자서도 마주할 수 있다는 확신이 기다리는
곳으로.

지나가는 한 무리가 무슨 이야기를 나누는지 궁금해지는
곳으로.

그들을 바라보다 잠시 미소 지을 수 있는 곳으로.

지금의 부러움이 우리의 모습이었음을 깨닫게 되는 곳으로.

늘 곁에 있는 사람이 문득 새롭게 느껴지는 곳으로.

고맙다는 말이 자꾸만 떠오르는 곳으로.

사랑한다는 말을 용기 내서 전해 볼 수 있는 곳으로.

문득 눈물짓게 되는 곳으로.

새로이 마주하게 된 풍경 속에서
잊어버린 마음들을 발견하게 되는 곳으로.
타인을 향한 마음과
나 자신을 위한 마음을
있는 힘껏 맞이할 수 있는 곳으로.

내가 온전히 나일 수 있는 곳으로.

제3장

_____

당신의 삶이
행복으로 채워지면 좋겠습니다

당신의 삶이 행복으로 채워지면 좋겠습니다

하루를 정리하다 보면, 딱히 안 좋은 일이 생기지도 않았는데, 하루를 부정적인 생각으로 채우고 있는 자신을 발견하게 될 때가 있습니다. 아직 일어나지 않은 미래의 일들을 미리 걱정하느라 시간을 보내고, 과거에 있었던 좋지 않은 일들을 생각하며 시간을 보내는 나의 모습을 발견하게 되는 때가 있습니다. 그럴 때마다 저는, 아직 내 삶을 변화시킬 만큼의 행복이 찾아오지 않았다고 생각했습니다. 언젠가 행복이 갑작스레 찾아와 전부 바꿔 줄 거라고, 지금껏 고생했으니 앞으로는 행복한 일들만 가득할 거라고, 그렇게 생각했습니다. 이 괴롭고 무료한 일상이 그렇게 해결될 것이라고 믿었습니다.

하지만 생각해 보면 참 아픈 일입니다. 나를 둘러싼 것들을 그토록 비관적인 눈으로 바라보면서, 막연하게 행복을 바랐다는 사실이 말입니다. 무엇도 향하고 있지 않으면서, 무엇인가 바뀌길 바랐다는 사실이 말입니다. 부정적인 생각들은 보이지 않는 곳에서부터 우리를 멈추게 합니다. 아주 사소한 것들마저 향하지 못하도록 우리의 발을 묶습니다. 주변에 머무는 좋은 마음들을 들여다보지 못하게 하고, 일상을 버텨 내는 나의 모습에 담긴 대견함을 발견하지 못하게 합니다. 언제든 나를 위한 말을 건네 줄 누군가를 떠올리지 못하게 하고, 내가 할 수 있는 일이 여전히 많이 있다는 사실을 깨닫지 못하게 합니다. 그렇게 부정적인 생각으로 채워진 모든 순간들은, 우리의 삶에 습관처럼 자리합니다. 우리가 인식하지 못하는 사이에, 우리의 삶을 좋지 않은 방향으로 흐르게 합니다.

이제는 알고 있습니다. 행복이란 그렇게 갑작스레 찾아와 내 삶 전체를 물들이는 것이 아니라는 사실을. 그렇게 뜻밖의 행운처럼 찾아와 나의 삶을 편안으로 채워 주는 것이 아니라는 사실을. 어느 하나의 사건으로 우연히 찾아든다 할지라도, 그것은 그저 잠시일 뿐. 스스로 만나러 가지 못한다면 우리는 삶을 행복으로 채워 낼 수 없을 거라는 사실을. 아주 작은 순간들이 모여 우리의 삶을 이루기에, 우리는 그 사소한 순간들을 좋은 마음으로 마주하는 연습을 해야 할 것입니다. 사소한 행복들을 쌓아가는 것이야말로 우리 삶을 행복으로 채우는 유일한 방법이라는 사실을 잊지 않아야 할 것입니다.

　행복은 나의 마음을 들여다보고, 내가 원하는 것을 나 자신에게 선물하기 위해 부단히 애썼던, 그 모든 순간의 결과물입니다. 자신의 마음을 알아 가기를 게을리하지 않고, 나를 위한 마음으로 채워나가는 순간들을 조금씩 늘려간다면, 우리는 분명 스스로 작지만 뚜렷한 행복들을 자주 안겨줄 수 있을 것입니다. 당신의 하루에 그런 행복이 함께했으면 좋겠습니다. 우연히 찾아든 행복이 아니라, 스스로 발견해 낸 행복들이 자주 함께했으면 좋겠습니다. 그렇게 당신만의 행복으로 가득 찬 삶을 만들어 갈 수 있으면 좋겠습니다. 내가 직접 걸음을 옮길 수 있는 용기를 머금는 순간부터, 비로소 행복은 우리와 가까이 머무르기를 준비하는 것이 아닐까요. 행복은 언제나 우리와

나란히 걷고 있습니다. 바라보면 만날 수 있는 곳에 있습
니다. 그렇게 믿습니다. 행복은 습관입니다.

행복은 언제나 우리와 나란히 걷고 있습니다.
바라보면 만날 수 있는 곳에 있습니다.
그렇게 믿습니다. 행복은 습관입니다. ●

화해

한 아이가 있었다.
어떤 아픔이 기다리고 있는 줄도 모르고
겁도 없이 발길을 옮기던 아이.

원치 않는 고난을 겪으면서도
꿋꿋이 삶을 알아 가려 애쓰던 아이.

한때는 그 아이의 부족함을 미워하곤 했다.

지금의 내가 겪는 버거움을
그 아이의 탓으로 돌리곤 했다.

만족스러운 결과를 만들어 내지 못했던 그 아이를 책망했고 현명한 선택을 하지 못했던 그 아이를 탓했다.

하지만 돌아보면 그 아이는 아무런 잘못이 없었다.

누구보다 잘 해내고 싶었고,
선명히 행복하고 싶었으며,
보란 듯이 잘 살아가고 싶었을 뿐이라는 사실을
시간이 흐른 지금에서야 깨닫는다.

이제는 그 아이를 사랑하고 싶다.

냉정한 세상을 마주하며 자꾸만 넘어지고
낯선 현실 앞에서 자주 고개를 숙였던,

부족하기에 눈물겹고
서투르기에 어여쁘던,

지난날의 나를 사랑하고 싶다.

말로는 다 전할 수 없어서

추운 겨울 시린 손에 들린
따스한 커피 한 잔 속 배려를 안다.

모두가 잠든 새벽,
한 사람 생각으로 가득 채운
편지 한 장에 담긴 설렘을 안다.

상대가 좋아하는 음식으로 가득 찬
검정 비닐봉지 속의 따스함을 안다.

고단한 퇴근길,
피곤함을 쫓아내며 보고 싶은 이를 향하는
한 사람의 걸음 속에 담긴 애정을 안다.

아픈 누군가를 위해
할 일 제쳐 두고 달려가는 한 사람의 손에 들린
약봉지 속 걱정을 안다.

지친 누군가를 위해
힘이 될 만한 좋은 글들을 찾아 내던
한 사람의 눈망울 속에 담긴 진심을 안다.

쑥스러움 무릅쓰고 한 손 가득 움켜쥔
꽃 한 송이에 스민 사랑을 안다.

우리는 그렇게
서로를 향한 깊은 마음을 움켜쥔 채 걸음을 옮긴다.

나, 당신 곁에 있음을 전한다.

말로는 다 전할 수 없는 것들이 있다.
기꺼이 온몸으로 전해야만 하는 마음이 있다.

지금 모습 그 자체로

  스스로 부족함을 인정하지 못했던 시절. 원하는 모습이 되지 못한 자신을 초라한 사람으로 바라보던 시절. 그 시절의 나는 나의 부족함을 인정하지 못했다. 인정은 곧 스스로를 초라한 사람이라 확정짓는 일이라 생각했다. 그때의 나는 내 삶을 변화시킬 수 없다고 생각했던 것이다. 언제까지나 그 자리에 머무를 것이라 믿어버린 것이다. 그 순간이 전부라 여겼던 것이다. 내게 여전히 주어진 남은 날들을 바라보지 못했던 것이다. 그렇기에 내 모습을 그 자체로 받아들이는 것이 그토록 두려웠던 것이다. 아직 아무것도 끝나지 않았는데 말이다.

  지금을 인정한다는 것은 물론 두렵지만, 그 두려움을 극복해낼 수만 있다면 우리는 많은 변화를 경험하게 된다. 자신의 부족함을 인정한다는 것은 그 자체로 다음 단계로의 가능성을 품고있는 것이다. 지금의 자신을 똑바로 마주하는 것만으로 우리는 더 나은 자신을 만들어가겠다는 의지를 품을 수 있고, 지금 내가 선 곳을 똑바로 마주하는 것만으로 우리는 진정 내가 원하는 곳을 바라볼 수 있다. 지금의 자신을 그 모습 그대로 사랑하는 그 순간부터, 비로소 우리는 우리 삶을 더욱 나답게 만들어갈 수 있다.

만족스럽지 않은 현재의 자신을 미워하며
그 자리에 머물러 있는 것이 아닌,
그 모습마저 끌어안은 채 걸음을 옮기자.

자신을 있는 그대로 인정해줄 수 있을 때부터,
지금의 내 모습을 그 자체로 안아줄 수 있는 그 순간부터,

당신은 이미 초라하지 않다.

아픔이라는 틈

언젠가 존경하는 어른이 말씀하셨다.

누구나 아픔이라는 틈이 있다고.
우리는 그 작은 틈을 통해 서로에 다가갈 수 있다고.
하지만 어른이 되어갈수록
그 틈을 타인에게 드러내지 않게 된다고.
틈을 내보이고 얻게 된 상처가
우리를 움츠리게 하는 것이라고.

그러니
누군가 네 앞에 그런 틈을 꺼내둔다면
그 마음에 담긴 신뢰를 외면하지 말라고.
드러내도 괜찮다고,

그렇게 말해 주라고.
진심을 다해 안아 주라고.

시간이 흐를수록,
자신의 틈을 내어주는 사람에게
깊은 감사함을 느낀다.

그 안에 나를 향한 깊은 신뢰와,
고단한 삶을 함께 걸어가고 싶다는 진심이
스며 있다는 것을 알기 때문이다.

내 삶에 들어와도 좋다는,
그런 의미가 담겨있다는 것을 알기 때문이다.

서로에게 스며들 수 있는 틈.
진심 어린 위로를 나눌 수 있는 틈.
괜찮다며, 안아줄 수 있는 틈.

누구나 아픔이라는 틈이 있다.

어른이 되며 굳게 닫아둔

하지만 언젠가 누군가를 향해
기꺼이 열어젖히고 싶은

아픔이라는 문이 있다.

불안에 대하여

첫 책을 출판한 기쁨도 잠시, 내게는 또 다른 날카로운 감정이 밀려들었습니다. 불안이 찾아온 것입니다. 첫 책의 출판은 어찌어찌 해냈는데, 다음 책은 잘 마무리 지을 수 있을까. 나의 부족함을 들키는 것은 아닌가. 언제나 안정을 바라며 살아왔지만, 이놈의 안정은 도무지 쉽사리 찾아오질 않습니다. 마음의 안정을 찾으려 여행길에 오르기도 하고, 생각을 지워 줄 취미에 집중하기도 해보지만, 그도 잠시뿐. 어김없이 불안이 밀려듭니다. 그렇게 불안에 휩싸여 무엇도 하지 못하던 때. 오랜만에 만난 친구의 스치듯 지나는 말이 조금은 위안이 됩니다.

"알지? 무언가를 향해 노력할 때, 전혀 불안하지 않다는 게 때로는 더 위험할 수 있다는 거."

생각해보면 불안이 찾아온 순간은 지금뿐만이 아니었습니다. 거창한 것을 향하던 순간이 아니더라도, 사소한 목표를 향하던 순간에도 불안은 언제나 함께였습니다. 그리고 그 불안을 뿌리치기 위하여 저는 더 바쁘게 움직이곤 했죠. 물론 불안하지 않고도 최선을 다할 수 있다면 좋겠지만, 늘 확신에 찬 발걸음을 내딛을 수 있다면 좋겠지만, 저는 그런 사람이 되지 못하는 모양입니다. 나를 향한 믿음이 꽤나 존재할 때에도 마찬가지였습니다. 해낼 수 있다는 생각이 들다가도, 무탈하게 지나갈 것이라 확신하던 순간에도, 혹시 모를 최악의 상황이 눈앞에 아른거렸던 것입니다.

숱한 불안을 겪으며 몇 가지 깨달은 것이 있습니다. 불안이 찾아올 때 내가 할 수 있는 것은 더욱 최선을 다하는 일뿐이라는 것. 그리고 이 일을 마무리 지을 때까지, 불안은 나를 떠나지 않을 거라는 사실을 받아들이는 수밖에 없다는 것. 사라지게 할 수 없다면 다루는 법을 배워야 한다는 것. 불안에서 완전히 벗어난 삶이 과연 가능할까요. 적어도 저는 아직 그런 삶을 겪어보지 못했습니다. 하나의 불안이 해소될 때면, 또 다른 불안이 어김없이 밀려듭니다. 하지만 별수 있나요. 저는 또다시 찾아든 불안에게 악수를 청하고는, 그저 최선을 다해 움직입니다. 가끔은 자꾸만 나를 찾아오는 불안이라는 녀석이 무척 밉게 느껴지지만, 가만히 생각해보면, 녀석이 없다면 저는 움직일 힘을 잃게 될지도 모릅니다. 불안은 때로 우리를 힘들게 하지만, 우리가 녀석을 어떻게 바라보느냐에 따라 전혀 의미로 받아들여지기도 하거든요. 조금 더 굳건한 의지를 가질 수만 있다면, 우리를 그저 움츠리게 만드는 것이 아닌, 더욱 최선을 다해 나아갈 수 있도록 만들어 주기도 하니까요.

지나고 보니 불안이란 결코 진심이 없는 곳에 찾아오지 않았습니다. 간절함이 없는 곳에 찾아들지 않았습니다. 그런 이유로, 열심히 노력하고 있지만 자꾸만 불안함이 찾아온다는 독자분들의 사연을 접할 때면, 저는 어쩐지 그들이 잘 해낼 것만 같은 예감이 듭니다. 불안이 찾아온다는 것은 그만큼 그들이 그 일에 진심이라는 뜻임을 알고 있기 때문입니다. 그러한 진심이 언젠가 그들을 원하는 곳으로 인도해 줄 것이라는 사실을 믿고 있기 때문입니다. 노력의 길 위에서 불안을 만난 모든 분들이 자신을 향한 믿음을 스스로에게 선물할 수 있었으면 좋겠습니다. 내가 하고자 하는 일에 불안이 생겨난다는 것은 그만큼 그 일에 열정과 애정이 있음을 의미한다는 사실을 잊지 않기를 바랍니다. 저는 여전히 불안하지만, 이제는 이런 제가 싫지만은 않은 것 같습니다.

마음 채우기

우리의 마음은 빈 공간에 계속해서 좋은 것들을 채워 넣지 않으면 불필요한 것들을 나도 모르는 새 받아들이게 된다. 오지도 않은 미래를 향한 걱정이나, 사소한 갈등으로 빚어진 미움 같은 것들을 가득 채우게 된다. 그리고 그러한 것들에 너무 많은 시간을 빼앗기게 되는 것이다. 부정적인 것들이 마음에 자주 채워진다면 우리는 일상의 행복을 충분히 돌아볼 여유를 잃는다. 불행의 순간이 자꾸만 늘어나게 된다. 그러므로 나는 마음이 비어 있음을 느끼게 되면 좋은 것들을 자주 밀어 넣으려 애쓴다. 무심코 지나치는 여러 고마움들을 하나씩 마음에 새긴다. 부정적인 것들로부터 벗어나는 가장 효과적인 방법은, 그것을 밀어내려 무작정 애쓰는 것이 아니라 좋은 것들을 채워 넣는 것이라는 사실을 알고 있기 때문이다. 무작정 고개를 돌리는

것이 아닌, 바라봐야할 곳을 명확히 알고 고개를 돌리는
것. 그런 연습이 우리에게는 필요한 것이다. 부정적인 것
들로 일상이 채워지지 않도록. 좋은 기운으로 나의 일상을
물들일 수 있도록.

모든 시작은 한걸음부터

우리는 시작에 앞서
많은 것들을 계산하고 또 걱정한다.

어떤 모습으로 나아가야 할까.
얼마의 속도로 걸어가야 할까.

피어나는 여러 고민들로 인해
때로는 필요 이상으로 주춤거리기도 하고
여전히 시작하지 못한 것들을 마음속 깊이 담아두기도 한다.

돌이켜보면 나의 시작도 언제나 부족함 투성이였다.

최선의 준비를 한다고 해도 한계는 있었고,

나를 향한 불신을 머금은 채
오랜 시간 걸음을 주저하기도 했다.

하지만 신기하게도
때로는 한 걸음을 내디뎠을 뿐인데
전혀 다른 풍경을 만나게 되곤 했다.

그저 한 걸음 걸었을 뿐인데
다음 걸음을 내디딜 힘을 얻기도 했고,
나아가지 않았다면 결코 발견하지 못했을
즐거움을 만나게 되기도 했다.

우리 삶에는 때로,
자신의 마음이 외치는 곳으로
그저 한 걸음을 내딛는 것이 더 중요한 순간들이 있다.

너무 먼 곳을 바라보기보다
그저 한 걸음을 옮긴다는 것,
그 자체가 더욱 중요한 순간들이 있다.

우리 삶에는 때로,

자신의 마음이 외치는 곳으로

그저 한 걸음을 내딛는 것이 더 중요한 순간들이 있다. ●

어느덧 우리는

　가끔은 놀이터 벤치에 앉아 보고 싶은 사람 생각에 궁상맞게 울다가도, 문득 걸려 온 친구의 전화에 아무 일도 없었다는 듯 털어낼 줄 알고. 괜스레 밀려드는 울적함에 목적지도 정하지 않은 채 하염없이 걷다가도, 이런 순간에도 배가 고파 오는 나 자신이 어이없어 웃음이 터져도 보는. 직장 상사의 기분 나쁜 한 마디에, 내가 왜 이러고 살아야 하는지 서러워하다가도, 혼자서 맥주 한 캔 하면서 욕 한 바가지 쏟는 것으로 전부 없었던 일로 만들어 버릴 줄도 알고. 걷잡을 수 없이 나를 덮치는 걱정거리에 하루 종일 불안해하다가도, 그래 봐야 죽기야 하겠어? 한마디 던지고는 훌훌 털어버릴 줄도 아는.

　부족한 내 모습에 자꾸만 울화가 치밀다가도, 이게 나

인걸 어떡하겠어? 라는 문장 하나로 깨끗이 씻어낼 줄도
알고. 어떠한 벽도 넘어설 수 있어야 한다고 스스로 재촉
하다가도, 가끔은 그 앞에 주저앉아 있어도 괜찮다고 스
스로를 토닥일 줄 아는. 오늘의 슬픔이 언제까지나 계속
될까 봐 두려워하다가도, 다시 한번 웃어 보일 수 있다고
스스로에게 당찬 한마디 건넬 줄 알고. 해결해야만 하는
내일의 일에 전전긍긍하다가도, 내일 되면 내일의 내가
해결해주겠지, 하며 깊은 잠에 들 줄도 아는.

처음 살아 보는 삶이기에 자꾸만 삐걱거리고,
처음 겪어 보는 세상이기에 여전히 어리숙하지만,
그 부족함마저 보듬어 주며,
금세 당찬 발걸음으로 나아가볼 줄 아는.

허락한 적도 없는데,
세월에 떠밀려 많은 것들을 알아버린.

알아버린 것들을 알아낸 것으로 만들어가며
또다시 찾아온 하루에게 당차게 인사를 건네는

우리는,

어른.

미워할 수밖에 없었던

오랜 시간 사랑했던 사람을
떠나보낸 사람이
시간이 흐른 뒤 내게 했던 말.

있잖아요. 지금에서야 알 것 같아요. 사실, 내가 그 사람
을 미워했던 이유는 '그래야만 했기 때문'이에요. 다른 이
유는 딱히 떠오르지 않아요. 분명 좋은 사람이었거든요.

그런 사연은 아프다.

그 사람을 미워한 이유가
그 사람이 미워할 만한 사람이었기 때문이 아니라,
그 사람을 미워하는 수밖에 없었기 때문이었던

그런 사연.

그 시절을 미워한 이유가
그 시절이 행복하지 않았기 때문이 아니라,
그 시절을 추억으로 간직하기엔
각자가 되어 걷는 길이 너무 아프기 때문이었던
그런 이야기.

우리는 간혹 정말 미워서가 아니라
조금이라도 덜 아프기 위해 미워하기를 선택한다.

미워하지 않고서는
도저히 견딜 수 없기 때문이다.

마음이 너무 커다랬기 때문이다.

우리를 위한 거리

다가갈 줄만 알았지,
멀어지는 법을 몰랐다.

한때 나는 멀어짐이란,
관계를 끝내고자 할 때에만 필요한 것인 줄 알았다.

하지만 때로는 관계를 지켜내기 위해서도
적절한 멀어짐은 필요했다.

이제는 안다.

각자의 삶을 버텨 내느라
벌어진 거리를 받아들일 수 있다는 것은,

서로가 서로를 외면하지 않을 것이라는
믿음이 있기에 가능한 일이라는 것을.

우리는 이제
세상살이의 무게를 짊어져야 하기에,

가끔은 서로를 향한 진심을 눌러 담은 채로
한 걸음 떨어진 곳에서
서로의 안녕을 빌어 줄 수 있어야 하는,

어쩌면 그럴 수 있어야만 '우리'를 지켜낼 수 있는
어른이 되었는지도 모른다.

배려에 대하여

누구나 그런 순간을 한 번쯤 겪는다.

진심을 담아 건넨 배려가
원하는 반응을 이끌어내지 못하는 때.

상대를 위하는 마음으로 건넨 행동이
배려라는 이름으로 가닿지 못하는 때.

그럴 때면,
진심을 알아주지 않는 상대를 보며
괜한 서운함이 밀려들곤 하지만
어쩌면 그것은 서툰 배려였는지도 모른다.

배려는 어렵다.

상대를 위한다는 마음만으로
가능한 것이 아니기 때문에.

나름의 진심을 담아 건넨 행동이
상대방에게는 원치 않는 행동이 될 수 있기 때문에.

그러한 사실을 알고 있기 때문에 우리는,
상대의 마음을 끊임없이 들여다보려 하는 것이 아닐까.
상대가 원하는 것을 알고자 그토록 노력하는 것이 아닐까.

상대가 원하는 배려를 건네고 싶기에,
나의 배려가 소중한 사람에게 행복으로 여겨질 수 있기를
바라기에,

상대의 행복을 알아가려는 노력을
멈추지 않는 것이 아닐까.

배려가 아름다운 이유는
바로 그 지점에 있다.

배려라는 단어 안에는
상대가 원하는 것을 알아가려는
그 모든 과정까지 포함되어 있기에
그토록 아름다운 것이다.

기다림

오지 않을 걸 알면서도
기다려야만 하는 순간이 있다.

혹시나 하는
기대 때문이 아니라,

아직
미처 다 쓰지 못한 기다림이
남아 있기 때문이다.

부탁과 요구

거절해도 괜찮다는 마음까지 전하는 것.
그것이 바로 부탁입니다.

그런 진심이 담겨있지 않은 부탁이라면
그것은 부탁이 아닌 요구인 것입니다.

그러므로 잘못이 되는 거절은 없는 것입니다.
요구가 되어버린 부탁만이 있을 뿐입니다.

기도

어쩌면 우리를 뒤돌아보게 하는 것은 결과보다도
그때 한 번 더 부딪혀보지 않은 것에 대한 미련.
주춤거리지 않고 무작정 뛰어들어볼걸 하는 아쉬움.
오지도 않은 미래에 대한 걱정은 접어 두고
불확실한 것에 과감히 걸어 보지 않은 것에 대한 후회.
그러므로 우리에게 필요한 것은
내 마음이 외치는 곳으로 한 번쯤 걸어보고자 하는 용기.
남들이 전부 고개를 저을지라도,
나의 마음이 그곳을 향한다면
걸음을 옮겨보겠다는 의지.
나의 삶은 어느 누구도 아닌,
내가 만들어가는 것임을 잊지 않겠다는 다짐.
그 과정이 생각보다 험난할지라도

때로는 그 길로부터 발길을 돌리게 될지라도

결코 흐려지지 않을 자신을 향한 믿음.

그 모든 과정들이 전부 나의 삶이었음을 의심하지 않겠다는

약속.

전부였던 것들

한때 전부였던 것들이 있었다.

내 방 한구석에 자리했던 로봇 장난감이 그랬고,

초등학교 입학 날, 우연히 옆자리에 앉아 가까워진 친구가 그랬다.

삶을 향한 고민을 안주 삼아 서로의 술잔을 채우던 죽마고우가 그랬고,

젊음 하나만을 믿고 쫓았던 그 시절의 꿈이 그랬으며,

두려움 무릅쓰고 기꺼이 서로를 향해 몸을 기울이던 그 시절의 연인이 그랬다.

그러나 그중 무엇도 지금 내 곁에 남아 있지 않다.

로봇 장난감은 이삿날 재활용 쓰레기통에 들어갔고

초등학교 친구는 어느 날 갑자기 다른 학교로 전학을 갔다.

죽마고우와는 서로를 향한 갈등을 끝내 비우지 못한 채
멀어졌고,
현실의 벽에 막혀 닿지 못한 꿈은 기억 속으로 사라졌으며,
언제까지나 함께할 것 같던 그 사람은 쓰러진 나를 뒤로
한 채 새로운 사랑을 찾아 떠났다.

하지만 괜찮다.

한때 전부라 믿었던 많은 소중함들이
마음에 커다란 구멍을 남긴 채 그렇게 떠나갔지만
지금 내 마음은 예전처럼 비어 있지 않다.

여전히 내 삶에는
저마다의 따스함으로 나의 가슴속을 가득 채워 준
새로운 소중함들이 존재한다.

전부라고 믿었던 것들이 떠나갈 때,
어둠이 가득한 방 안에서 눈물을 삼켜 내던
그 시절의 나에게 말해 주고 싶다.

떠나간 것들은
가슴 저편에 행복했던 시간으로 간직하라고.

새로운 것들이 자리할 수 있도록
마음속 공간을 비워 두라고.
지금 전부라고 생각되는 것들이
영원히 전부는 아닐 수 있다고.

이별 뒤에 남겨진 말

전달되지 않아도 괜찮은 말.

혼자서 토해 내는 것으로 족한 말.

나에게만 의미 있는 말.

닿을 수 없는 곳을 향해 있는 말.

파도에 쓸려 지워지는 편이 나은 말.

잠시 적어 두는 것으로 충분한 말.

모래 위에 써 내려 가야 하는 말.

월동 준비

깊숙이 보관해놓은 겨울옷들을 꺼내 옷장에 걸어 둔다.
얼어붙은 마음을 안아 줄 책을 머리맡에 놓아둔다.
그간 누구에게도 털어놓지 못한 이야기를 적어내기 위해
일기장을 펼친다.
냉정하게만 대해 온 나 자신을 향해 따스한 위로를 전한다.

그렇게 우리는
각자의 방식으로 겨울을 견뎌 낼 준비를 한다.

누구나 겨울을 겪는다.
하지만 그 계절을 그저 탓하기만 한다면,
자신이 원하는 모습으로 봄을 맞이할 수 없다.

때로는 자꾸만 나를 움츠리게 하는
이 시간이 원망스러울 수도 있고
봄이 오기만을 기다리며
지금을 온전히 살아 내지 못할 수도 있다.

하지만 이 또한
나의 삶에 분명히 주어진 시간임을 안다면,
얼어붙은 이 계절에도
내가 할 수 있는 것이 분명히 존재한다는 것을 안다면,
우리는 이 시간을 조금 더 따뜻하게 바라볼 수 있을지도
모른다.

삶의 겨울을 겪으며
생각에 잠겨 본다.

나는 지금을 어떻게 기억하게 될까.

비록 원하는 풍경을 만나지 못했지만
그럼에도 할 수 있는 것들을 멈추지 않았던 시절로

지금을 기억하고 싶다.

내 삶에 봄이 찾아왔을 때
꽃이 만개한 풍경 속에서
웃으며 지금을 떠올리고 싶다.

우리는 모두 각자의 방식으로 겨울을 견뎌 낼 준비를 한다.

그것이 겨울을 겪는 우리가 할 수 있는 최선임을 알기 때
문이다.

어떤 꿈을 꾸고 싶은가요

중학생 시절, 선생님께서는 우리에게 종이 한 장씩을 나눠주셨다. 그 종이에는 나에 대한 정보들을 적어낼 수 있도록 여러 칸들이 준비되어 있었다. 가족 관계, 힘들었던 일, 선생님께 바라는 것, 등등…… 막힘없이 그것들을 적어내던 나는 문득 하나의 문항 앞에서 멈춰 섰다. 그곳에는 '꿈'이라는 한 글자가 적혀있었고, 그 옆에는 작고 네모난 칸 하나가 비어있었다. 나는 한참을 고민했지만 결국 무엇도 적어내지 못했다. 그 앞에서 몇 분을 망설이던 그때의 감정이 지금까지도 떠오른다. 그때 나는 그리 밝은 표정을 지어 보이지 못했다. 나는 잘하는 것이 없었고, 갖고 싶은 직업 또한 딱히 없었기 때문에. 나의 미래도 그 빈칸처럼 비어버릴 것만 같은 두려움이 스몄기 때문에.

그리고 최근 어머니의 부탁으로 당시 나와 비슷한 나이의 친구를 상담하게 되었을 때, 나는 그 친구에게서 그 시절 나의 모습을 보았다. 밝고 명랑한 그 친구에게 조심스레 꿈이 무엇이냐고 물었을 때, 그 친구는 약속이라도 한 듯 그때의 나와 비슷한 표정을 지어 보였던 것이다. 주저함과 머뭇거림이 잔뜩 서려있는 표정으로, 무엇을 해야 할지 잘 모르겠다며 고개를 젓는 그 친구를 바라보며 나는 방법을 바꿔보기로 했다. '꿈'이라는 거창한 단어를 지우고, 원하는 미래의 장면이 있냐고 슬쩍 질문을 바꿔 물었던 것이다. 크게 다른 답이 돌아오리란 기대하지 않았지만, 예상과 달리 새로운 질문을 받아든 그 친구의 눈은 간절함으로 차오르기 시작했다.

"정말 아무거나 말해도 상관없나요?"

"응. 그럼."

"어머니와 더 넓은 집으로 이사 가고 싶어요. 이층집인데요. 저희 할머니 방이 꼭 있었으면 좋겠어요."

그 친구의 간절한 목소리를 들으며, 나는 가슴 한구석

이 무언가로 차오르는 것을 느꼈다. 나는 상담을 마치며, 그것이 너의 꿈일 것이니, 마음속에 간직하라고 말했다. 그때부터 나는, 어린 친구들에게 꿈에 관해 물을 때면 그 질문을 조금 달리했다. 원하는 미래가 있냐고. 그렇게만 된다면 정말 행복할 것 같은 미래의 장면이 있냐고. 그런 질문을 던질 때면, 꿈이라는 단어를 꺼내 물을 때와 다르게, 그들의 눈에는 편안함이 깃들기 시작했다. 그렇게 그들은 편안해진 모습으로 자신이 원하는 미래에 대하여 이야기했다. 그런 그들의 모습을 바라보며 문득 이런 생각이 밀려왔다. 당신의 꿈은 무엇입니까, 라는 질문이 언제부터 우리에게 이토록 버겁게 다가왔던 것인지. 언제부턴가 꿈이라는 것은 그럴듯한 직업이나, 사회적으로 인정받을 만한 무언가여야만 했다. 가능한 한 간단 명료해야했고, 여러 말을 덧붙여서도 안 됐다. 세상은 그렇게 우리에게 하나의 직업만을 적어낼 작은 한 칸밖에 쥐여주지 않았다.

생각해보면 그보다 더 어릴 때는 내게도 꿈이 여럿 있었다. 다소 허무맹랑한, 이뤄질 수 없는 것임을 지금은 너무도 잘 알고 있는 꿈들. 하늘을 날 수 있게 되어 온 세상을 자유롭게 탐험하고 싶기도 했고, 산타 할아버지가 되어 세상 모든 어린이를 웃게 만들고 싶기도 했다. 만화 영화에 나오는 캐릭터들이 실제로 존재하여 함께 이야기를 나눌 수 있었으면 좋겠다고 바라기도 했다. 그 시절의 나는 매일 밤 그런 장면을 꿈에서라도 만날 수 있기를 바라며 샛노란 이불을 머리끝까지 덮고는 잠을 청하곤 했다. 그렇다. 어린 시절의 나는 분명, 원하는 장면을 떠올리는 것만으로 가슴이 벅차올랐다. 하지만 중학생 시절의 나는, 꿈이라는 단어 앞에서 더 이상 어떤 장면도 떠올리지 않았다. 그런 꿈들이 절대 이룰 수 없는 것이라는 사실을 알게 되었기 때문일까. 어쩌면 거기까지는 문제가 없었을지도 모른다. 다만 꿈을 향해 요동치던 가슴마저 그와 함께 사라졌다는 사실이, 우리를 적적하게 하는 것일 테다. 꿈이라는 단어를 마주하며 그저 하나의 직업만을 고심하게 되었다는 사실이 우리를 쓸쓸하게 하는 것일 테다.

　　꿈이란 무엇일까. 꿈은 왜 우리에게 이토록 어려운 과제가 되어버린 걸까. 꿈이 직업과 연관되어 있을 수도 있다. 우리가 간절히 바라는 장면 안에 직업 또한 포함되어 있을 수 있다. 하지만 꿈이 곧 직업이 되어야만 하는 것은 아니다. 내가 원하는 꿈 안에 직업이 꼭 포함되어 있어야만 하는 것 또한 아니다. 꿈은 하나의 단어만으로 설명될 수도 있지만, 아닐 수도 있는 것. 지금의 꿈을 향하는 길목에서 새로운 목표가 피어나지 않으리라 장담할 수도 없는 것. 모든 사람이 같은 삶을 지나오지 않은 것처럼, 꿈이란 각자의 장면으로 각자의 마음속에 각자의 간절함으로 존재한다. 꿈은 그토록 자유롭기에 뭉클하고, 전혀 다른 각자의 꿈들을 마음껏 품을 수 있는 우리이기에 그토록 아름답다. 그리고 그 간절한 꿈이, 우리 앞에 놓인 현실을 더욱 굳세게 맞이할 수 있도록 만들어줄 것이라 믿는다.

당신은 꿈이 있는가. 아니, 상상만 해도 은은한 감동이 밀려오는, 간절히 원하는 미래의 장면이 있는가. 더 많은 이야기를 써 내려갈 수 있을 만큼 충분한 칸이 주어진다면, 당신은 무엇을 써 내려가고 싶은가. 나는 믿는다. 그것을 깔끔한 문장으로 정리할 수 없을지라도, 자꾸만 말

이 길게 늘어지더라도, 혼자만 아는 이야기가 가득 담겨
있을지라도, 설사 그것이 가슴 깊이 숨겨둔 아픔과 맞닿
아 있을지라도, 지금 당신에게 간절한 한 폭의 걸음을 만
들어낸다면, 그것은 분명 어느 누구도 조건을 붙일 수 없
는, 당신의 '꿈'이라고. 나에겐 꿈이 없다고 믿고 있는 당
신이, 버거움을 털어낸 시선으로 자신의 마음을 천천히
들여다볼 수 있었으면 좋겠다. 두려움을 밀어내고, 어릴
적, 우리가 가졌던 그 작지만 뜨거웠던 가슴을 다시 한번
품을 수 있었으면 좋겠다. 그리고 그때 당신이, 비록 현실
을 겪기 전 어릴 적 당찬 모습이 아닐지라도, 현실을 딛고
선 굳건한 어른의 모습으로, 하나의 질문을 떠올릴 수 있
었으면 좋겠다.

　오늘 밤, 어떤 꿈을 꾸고 싶은지.

혼자라는 사실을 받아들일 수 있기에

나는 누군가와 함께 시간을 보내면서도 혼자라는 기분을 자주 느낀다. 그리고 언제부턴가 그러한 기분에 의아함을 느끼지 않는다. 아무리 가까운 관계일지라도, 매 순간 함께라고 느낄 수는 없다는 사실을 알고 있기 때문이다. 나의 슬픔에 깊이 공감해주지 못할 수도 있고, 같은 것을 보고 다른 감정을 느낄 수도 있다. 그것은 마음이 부족하거나 사랑이 모자라기 때문이 아니라, 우리는 모두 각기 다른 혼자를 짊어지고 살아갈 수 밖에 없다는 변하지 않는 사실 때문이다. 이러한 사실이 가끔 우리를 쓸쓸하게 하지만, 이를 받아들이는 것만으로 많은 것들이 가능해진다.

나는 누군가 나의 아픔에 전부 공감해 주지 못하는 것이 당연하다는 것을 알기에, 나의 아픔에 다가오려 애쓰는 누군가에게 감사할 수 있다. 같은 것을 보고 다른 감정을 느끼는 것이 당연하다는 것을 알기에, 같은 것을 보고 같은 감정을 느끼는 순간의 기적을 알 수 있다. 우리는 자주 혼자일 수밖에 없다는 것. 그러한 사실을 받아들일 수 있다면, 우리가 연결되는 그 순간을 더욱 감사히 여길 수 있지 않을까. 앞으로도 우리는 자주 혼자일 것이고, 때로는 함께일 것이다. 그리고 혼자라는 사실을 받아들일 수 있기에, 함께라는 기적을 알아볼 수 있을 것이다.

앞으로도 우리는 자주 혼자일 것이고,
때로는 함께일 것이다.
그리고 혼자라는 사실을 받아들일 수 있기에,
함께라는 기적을 알아볼 수 있을 것이다.

덮어야 하는 때

　살아가며 우리는 많은 것들에 작별을 고합니다. 하지만 그중에는 계속해서 마음에 아른거리는 존재가 있기 마련이죠. 늦가을 바람에도 꼭 붙어 떨어지지 않는 잎처럼, 쉬이 떨쳐낼 수 없는 것. 내 삶에 커다란 자리를 차지하고 있던, 한때 무엇보다 소중하게 여겼던 존재. 그런 존재를 떠나보내야 할 때면 우리는 슬픔에 젖어 여전히 덮지 못한 기록을 자꾸만 펼쳐 보곤 합니다. 하지만 새로운 이야기를 써 내려가기 위해 노트를 덮어야만 하는 때가 있습니다. 도저히 덮어지지 않는 기억들과 쉬이 놓아줄 수 없는 이야기들을 내 마음 가장자리에 밀어 넣은 채, 새로운 것들을 품을 수 있는 용기를 나에게 심어 주어야 하는 때가 있습니다. 마음이 아플지라도, 자꾸만 펼쳐 보고 싶은 기억일지라도, 그 이야기가 가져다주는 행복이 여기까지

임을 받아들이지 못한다면 사라진 자리에 놓은 행복의 흔적만을 좇게 될 테니까요. 이제는 마음을 다했던 어느 시절의 노트를 덮고, 미처 안아 주지 못했던 나의 이야기를 적어 나갈 때가 찾아온 것인지도 모르겠습니다. 가을이 겨울에게 잎을 놓아주듯, 들고 있는 미련을 내려놓을 수 있기를 바랍니다. 새롭게 펼친 노트 위에 또 다른 이야기를 써 내려갈 수 있는 기회를 자신에게 선물할 수 있었으면 좋겠습니다. 봄이 올 것입니다. 꼭 그럴 것입니다.

변하지 않는 것

바다를 좋아하는 사람을 보면, 바다를 좋아하는 이유에 대하여 묻고 싶어진다. 그런 질문이 떠오르는 이유는, 그 모습이 무척이나 아름다워 보이기 때문이다. 부러움이 차오르기 때문이다. 나는 아직 바다를 그 자체로 온전히 좋아하진 못하는 것 같다. 언젠가 복잡해진 마음을 달래려 혼자서 바다를 찾았을 때, 그러한 감정을 느낀 것. 오랜 시간 함께했던 사람과의 헤어짐을 겪고 시간이 흐른 뒤, 커져 버린 두려움으로 누구도 사랑할 수 없을 것 같다는 생각이 도저히 지워지지 않을 때, 나는 홀로 바다를 찾았다. 바다를 바라보며 가만히 앉아있어도 보았고, 슬쩍 손을 담가 보기도 했으며, 그 곁을 가까이서 걸어 보기도 했다. 하지만 그럴수록 사람에 대한 그리움만이 더욱 커져만 간 것이다. 누군가와 이곳을 함께 걷고 싶다는 울적함만이 잔뜩 부풀어 오른 것이다. 짙은 외로움만이 파도처럼 밀려들어 온 것이다. 돌아가는 길, 나는 생각했다. 혼자서는 바다를 찾지 말자. 그리고 그때 알았다. 나는 바다를 그 자체로 온전히 좋아하진 못하는구나. 하지만 무슨 이유에선지, 바다를 좋아하고 싶다는 생각이 들곤 했다. 그런 나였기에, 바다를 유독 좋아하는 그 사람을 만났을 때 무척 부러웠다. 그 사람은 혼자서도 바쁜 일상의 틈새에 시간을 내어 바다를 찾았다. 언젠가 바다를 좋아하는 이유에 대하여 물었을 때, 그 사람은 답했다.

"바다는 항상 그 자리에 있잖아요. 언제든 찾아와도 좋다는 듯 변함없는 모습으로 그 자리를 지키고 있잖아요. 나는 변하지 않는 것들을 좋아해요. 예전과 달라진 모습을 보이며 나를 떠나지 않으니까요. 그 모습이 아름답거든요."

그 사람은 강인한 사람이었다. 사람에게 기꺼이 먼저 마음을 건넬 줄 아는 사람이었고, 상처를 겪고도 굳건히 일어설 수 있는 사람이었다. 그의 답을 들으며, 그 강인함의 이유를 조금은 알 수 있었다. 그 사람은 그런 사람이었다. 마음 한쪽에 언제든 자신이 애정을 쏟을 수 있는, 변하지 않는 것들의 자리를 마련해둔 채 살아가는 사람. 그는 자신이 사랑하는 것들을 이야기하며 언제나 행복해했다. 언제든 펼쳐볼 수 있도록 머리맡에 놓아둔 책의 한 구절을 읊는 것을 좋아했고, 바다를 보며 자신이 느끼는 벅참을 행복하다는 듯 이야기했다. 아름다운 풍경 속의 일부가 되는 것을 환영했고, 자신의 모든 고민이 담겨있는 일기장을 펼쳐 보는 것을 설레 했으며, 집에 돌아오면 언제든 자신을 향해 꼬리를 흔드는 귀여운 강아지를 사랑했다. 그 사람은 그런 사람이었다. 변하지 않는 것들을 사랑할 줄 아는 사람이었기에, 변함으로써 떠나가는 것들로부터 굳건할 수 있는 사람이었다.

변하지 않는 것의 자리를 하나쯤 내어 주고 있는가. 마음이 아픈 사실이지만, 세상엔 변하는 것들이 많다. 나를 조건 없이 사랑해 주던 마음일지라도 변할 수 있다는 것을, 오랜 시간 같은 곳을 향하던 사람도 언제든지 발길을 돌릴 수 있다는 것을, 우리는 알고 있다. 하지만 그런 경험을 겪고서도 우리는 사람을 향한다. 변할 수 있다는 두려움을 밀어내며 기꺼이 서로를 향해 마음을 내민다. 하지만 바로 그러한 점 때문에, 서로를 향하는 우리의 발걸음이 그토록 아름다운 것일 테다. 각자의 아픔을 딛고 그토록 간절한 걸음을 옮기는, 그런 용기를 품을 수 있는 우리의 모습이 그토록 찬란한 것일 테다. 그리고 분명 그런 걸음이. 우리에게 변하지 않을 인연을 만나게 해줄 것이라고, 그렇게 믿는다. 그러므로 나는. 변하지 않는 것들의 자리를 마련하고 싶다. 내가 원하면 언제든지 찾을 수 있는 것들. 그렇기에 내 마음 가득 커다란 버팀목이 되어주는 것들. 그런 존재들을 더욱 짙게 바라볼 수 있었으면 좋겠다. 사라져가는 것들로 인해 너무 아프지 않기 위하여. 변함으로써 떠나가는 것들에 무너지지 않기 위하여. 누군가를 향한 걸음 속에 두려움이 아닌 용기를, 더욱 짙게 담아내기 위하여.

　바다를 좋아하고 싶다. 변하지 않는 것들을 사랑하고 싶다는 뜻이다. 조금 더 온전한 모습으로, 누군가와 함께 바다를 거닐고 싶다는 뜻이기도 하다.

가장 깊은 상처

인간관계에서
가장 깊은 상처로 기억되는 순간은

함께하는 사람이
나를 향해 미움을 표하던 순간도,
서운함을 토로하던 순간도,
실망감을 털어놓던 순간도 아닌

이제는
그 사람에게서
나를 향한 어떤 감정도
생겨나지 않는다는 사실을
확인하게 된 순간이었다.

희망을 향해서

살다 보면 절망이라는 두 글자가
자꾸만 나의 뒤를 쫓아올 때가 있다.

자꾸만 뒤를 돌아보며,
나를 쫓아오는 절망에서 벗어나기 위해
마구 내달리게되는 때가 있다.

앞으로의 나의 삶에도 절망의 순간이
찾아오지 않으리라고 장담할 수 없다.

분명 해결할 수 없는 문제들이 생겨날 것이고
현실이 자꾸만 나를 뒤쫓아올 것이다.

하지만 지난 세월을 겪으며 내가 알게 된 것은,
절망이 찾아온다고 해서 모든 희망이 사라지는 것이 아니
라는 사실이다.

절망이 자꾸만 내 삶을 옥죄어온다 하더라도
희망을 바라볼 수 없는 것은 아니라는 사실이다.

두 가지 모두가 내 삶에 존재한다면,
앞으로도 그럴 것이라면,

나는 절망에 쫓기며 도망가기보다
희망을 바라보며 달려가고 싶다.

그렇게 살아가고 싶다.

마지막 눈

첫눈을 알아볼 수 있는 것처럼
마지막 눈을 알아볼 수 있었으면 좋겠습니다.

남겨질 후회가 적었으면 좋겠다는 말입니다.

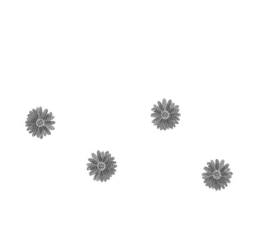

제4장

당신의 방식으로 당신을 사랑하는 일

당신의 방식으로 당신을 사랑하는 일

같은 마음이었음에도 전하는 방식이 달랐던 사이.

방식의 차이를 극복할 수 없는 차이로 여겨
돌이킬 수 없을 만큼 멀어진 인연.

서로를 향한 마음만으로도 충분하지 않았을까,
안타까워하게 되는 인연.

그런 인연이 떠나간 자리에는
'만약'이라는 이름의 나무가 자란다.

만약 우리가 서로의 안에 담긴 진심을 읽어낼 수 있었다면.
만약 우리가 서로의 방식을 있는 그대로 바라볼 수 있었다면.

만약 우리가 천천히 서로의 방식을 닮아갈 수 있었다면.

끊임없는 후회가 거름이 되어
나무는 자꾸만 몸집을 키운다.
쉬이 뽑아낼 수 없는 깊은 뿌리를 내린다.

마음은 눈으로 볼 수 없어서
그것을 표현하는 방식이 곧 그 마음 자체로 인식되곤 한다.
그리고 거기에서부터 숱한 오해가 생겨난다.
그러므로 나는 소중한 사람이 생길 때면,
그 사람의 표현 방식을 세세하게 살피고자 노력한다.
마음이 아닌, 방식의 차이로 멀어지고 싶지는 않기 때문
이다.

우리 누군가를 사랑한다면
그 사람이 내게 사랑을 표현하는 방식을 기꺼이 닮아 가자.
나의 손을 부드럽게 어루만지던 그 사람의 손길을 기억해 두고
내가 먼저 상대의 손을 조물락거리자.
표현이 서툴러 미안하다며 책 한 권을 건네는 그 사람에게,

나 또한 내 마음을 꼭 닮은 책 한 권을 선물하자.

내 품에 안기는 것을 좋아하는 그 사람을 향해

언제든 안겨도 좋다는 마음을 담아 먼저 양팔을 벌리자.

같은 마음을 품고 있음을 느낄 수 있도록.

서로의 표현 안에 담긴 진심을 읽을 수 있도록.

그 사람이 내게 전하던 맑은 눈빛으로,

그 사람이 내게 보내던 밝은 미소로,

그 사람이 내게 건네던 부드러운 언어로

그렇게 우리를 말하자.

과정을 자세히 바라보고 싶어지는 마음

누군가를 사랑하는 사람의 가슴에는
과정을 함께 하겠다는 마음이 담겨있다.

내 아이가 성장해가는 과정을
하나도 빠짐없이 기록해놓은
어느 앨범 속 손글씨처럼.

이른 새벽부터 독서실로 향하는
어느 한 사람을 배웅하던
누군가의 눈망울처럼.

어두웠던 누군가의 얼굴에
미소가 쌓여 가는 모습을 바라보며 웃음 짓던

누군가의 입꼬리처럼.

원하는 것을 이루지 못해 슬퍼하던 누군가를
변함없는 모습으로 기다려주던
누군가의 잔잔함처럼.

어느 한 사람의 삶,
그 과정을 전부 바라보고 싶다는 생각이 든다면,
그 과정 속에 무엇이 기다리고 있다 하더라도
함께 겪어가고 싶다는 생각이 든다면,

그것이야말로 분명 사랑인 것이다.

아이들의 마음으로

놀이터에서 즐겁게 뛰노는 아이들을
가만히 바라보다 보면
간혹 뭉클한 감정이 가슴 속에 차오르곤 한다.

나도 저랬던 때가 있었는데.
아무런 고민 없이 행복을 좇던 때가 분명히 있었는데.
갖가지 두려움으로
쉽사리 걸음을 옮기지 못하는 나와 달리,
마음껏 자신이 원하는 대로 내달리는 아이들의 모습이 가
끔은 부럽기까지 하다.

언제부터였을까.
상처를 염려하며 행복을 향하지 못하게 되었던 것이,

피어나는 두려움으로 인해 내 마음이 외치는 방향을 외면
하게 되었던 것이.

어른이 되어 갈수록 우리는 자주 머뭇거리게 된다.
아픔이 머물렀던 과거와
점점 더 버겁게만 느껴지는 미래는
우리를 자꾸만 주저하게 한다.

뛰노는 즐거움을 느끼기보다
넘어질 것을 염려하게 한다.

하지만 아이들은 그렇지 않다.

넘어질 것을 두려워하느라 가만히 멈춰 있지 않는다.
혹여나 넘어진다 하더라도 아픔을 숨기지 않고 울음을 토
해 내고,
이내 모래가 묻은 무릎을 툭툭 털고 일어나 두려움 없이
다시 뛸 준비를 한다.
자신의 감정을 온전히 느끼며

마음이 외치는 곳으로 마구 내달린다.

자꾸만 두려움이 차오를 때면
어린 시절의 마음을 떠올리며 가만히 눈을 감아 본다.
과거의 상처를 잠시 치워 두고,
미래의 불안을 잠시 미뤄 둔 채
내 마음이 외치는 소리에 가만히 귀를 기울여 본다.

그 시절의 내가 되어
어른이 된 지금의 나에게 말을 건네 본다.

너무 두려워할 것 없다고.
넘어지면 마음껏 울고,
툭툭 털고 일어나면 그만이라고.

가끔은 어른으로서의 성숙함이나
조심스러움이 아닌,

어린 시절의 마음가짐이 그리울 때가 있다.

그 시절의 용기가 절실할 때가 있다.

어머니도 어머니가 처음이셨다

　도무지 길이 보이지 않는 문제들을 마주하곤 했습니다. 길이 보이지 않기에 그 앞에 자주 주저앉기도 했습니다. 돌아보면 조금 어렵더라도 분명한 길이 보이는 문제들은 버텨낼 수 있었습니다. 포기하고 다른 길을 궁리하거나, 그럼에도 감수하고 나아가 보거나, 두 가지 중 하나를 선택하기만 하면 되는 것이었으니까요. 내게 계속해서 질문을 던져보면 분명히 답이 나오는 문제였으니까요. 하지만 문제는 도무지 길을 알 수 없는 문제들이었습니다. 정답이랄 게 존재하지 않거나, 또는 너무 많은 정답이 존재하는 것들입니다. 우리를 아프게 하는 대부분의 문제들은 정말이지 그런 것들입니다.

　그런 문제를 만나게 되는 때면, 우리는 어른을 찾습니

다. 가장 가까운 어른에게, 보이지 않는 길의 해답을 묻습니다. 내가 걸어 온 길을 한 번쯤 걸어보았던 어른들의 말씀은 마음의 위안을 가져다줍니다. 정답이 없는 것이니, 너의 마음 가는 대로 걸어도 괜찮다는 말. 살아보니 내가 후회를 남기지 않는 길이 맞는 길이라는 말. 때로는 정답이 없다는 말을 가르쳐주는 것 또한 정답이 됩니다. 그 흔한 괜찮다는 말 또한, 비슷한 아픔을 겪어 온 어른의 입에서 듣게 되는 순간, 전혀 다른 위안이 됩니다. 제가 찾는 사람은 다름 아닌, 어머니였습니다. 어머니는 마치 척척박사 같았습니다. 성인이 되자마자 바로 공장에 취직하셔서 일을 하셨지만, 가난 때문에 배움의 길을 그리 오래 걷진 못하셨지만, 어머니는 제게 선생님이셨습니다. 부자가 되는 법을 전부 알고 있거나, 글을 휘황찬란하게 쓸 수 있는 분도 아니었지만, 어머니는 인생에서 그 누구보다도 제게 적절한 해답을 알려주시는 분이셨습니다.

하지만 저는 미처 알지 못했습니다. 어머니께서도 늘 강인하신 것만은 아니었다는 것을요. 처음 어머니의 약한 모습을 목격했던 어느 날이 떠오릅니다. 갑자기 할머니가 보고 싶다며 할머니의 묘지를 찾으시던 날. 그 앞에서 한참을 아무 말도 없이 서계시던 날. 그 시기는 제가 방황하고 있던 때이기도 했습니다. 어머니께 나아갈 길을 모르겠다며 마구 신경질을 내던 때이기도 했습니다. 열심히 노력했음에도 우리집이 자꾸만 가난해져가던 때이기도 했습니다. 돌아오는 길 어머니는 흔들리는 제게 조용히 온기를 얹어주셨습니다. 나의 마음 속 굳어진 걱정들을 녹여 주셨습니다. 그간의 경험을 통해 체득한 마음가짐들을 가르쳐주셨습니다. 굳어진 표정을 억지로 밝혀 가시며 '살아가다 보면 언젠가 좋은 날이 오더라' 하고 말씀해주셨습니다.

어머니의 말씀이 아니었다면 버텨낼 수 없었을 순간들이 많았습니다. 그런데 어머니는 어땠을까요. 삶의 사이사이에 찾아드는 고민의 순간, 어머니는 누구에게 답을 물을 수 있었을까요. 자식들을 길러 내시며 수없이 맞이했을 고난의 순간 누구에게 위로를 구할 수 있었을까요. 자주 멈칫하시기도 했습니다. 당신도 겪어 보지 못한 일 앞에서, 고심하기도 했습니다. 그럼에도 자식에게 조금의 힘이라도 되고 싶어, 독수리 타법으로 인터넷을 뒤적거리기도 하셨습니다. 그렇습니다. 어머니도 다 아는 것이 아니었던 것입니다. 어머니도 애쓰고 계셨던 것입니다. 버거우셨던 것입니다. 홀로 눈물을 삼키기도 하셨던 것입니다. 괜찮아지지 않을 것 같아 불안하셨던 것입니다. 자주 부족함을 느끼셨던 것입니다. 다른 엄마들과 비교도 하셨던 것입니다. 더 잘 해내고 싶으셨던 것입니다.

어머니도,
어머니가 처음이셨던 것입니다.

흔적의 의미

누구나 살면서 많은 일들을 겪고,
그 모든 일들은 각기 저마다의 크기와 모양으로
우리 삶에 흔적을 남긴다.

하지만 그 흔적들이
언제까지나 같은 모습을 유지하고 있는 것은 아니다.

어떤 아픔은 가볍게 스쳐 지나갈 것이라 생각했는데
시간이 갈수록 더 깊은 상처를 남기기도 하고,

어떤 아픔은 흉터만 남길 거라 생각했는데
생각지도 못한 행복으로 우리를 안내하기도 한다.

아이러니한 것은,

행복 또한 마찬가지라는 사실.

그저 한때의 즐거움인 줄 알았던 순간이

지나고 보면 무엇과도 바꿀 수 없는 행복이었음을

깨닫기도 하고,

내 삶에 다시없을 행복이라 생각했는데

돌고 돌아 생각지도 못한 슬픔을 남기기도 한다는 것.

지금의 흔적이 무엇을 의미하는지는

삶이 계속되는 한, 언제든 변화할 수 있다는 것.

지금 확신하고 있는 자국도,

시간이 흘러 어떤 모습으로 읽히게 될 것인지

현재의 우리는 알 길이 없기에,

그저 지금을 살아가는 수밖에 없다는 것.

그리고 어쩌면
마음을 다듬고 또 다듬다 보면
지금의 아픔을 조금 더 의연하게
지금의 행복을 조금 더 소중하게
받아들일 수 있을지도 모른다는 것.

지난 세월이 내게 가르쳐준 것들.

다르다는 사실이 우리에게 준 것

언제나 당당해 보였던 친구에게서 두려움 가득한 목소리를 들었을 때. 나와 전혀 다른 삶을 살아온 친구의 가늠할 수 없는 아픔을 목격했을 때. 늘 행복하다는 듯 웃던 친구가 갑작스러운 슬픔을 겪게 되었을 때. 우리가 같은 모습으로 같은 슬픔을 겪지 못했을 때. 우리가 너무도 다른 존재라는 것을 뼈저리게 실감했던 그때. 그 모든 순간에도 우리는 함께하길 택했다. 아픔을 겪고 있는 누군가를 아픔을 떠나보낸 누군가가 위로했으며, 두려움에 휩싸인 누군가를 두려움을 떠나보낸 누군가가 끌어안았다. 위로받는 이는 언젠가 자신이 받은 마음을 돌려주리라 다짐했고, 위로하는 이는 언젠가 힘든 순간이 찾아오면 상대의 어깨에 기대 쉴 수 있음을 의심하지 않았다. 어쩌면 우리는 알고 있었는지도 모른다. 서로 다른 삶을 살아가는 우리이기에, 서로 다른 아픔을 마주할 우리이기에, 상대의 어깨에 기대고, 때로는 나의 어깰 내주며 함께하게 되리라는 것을. 우리는 언제나, 어느 쪽도 될 수 있다는 것을.

서로 다른 삶을 겪는 우리이기에, 우리는 서로의 안위를 묻는다. 같은 일상을 살아가지 않는 우리이기에, 우리는 서로의 일상을 염려한다. 서로의 삶에 평안이 깃들기를 바라고, 서로의 일상에 날카로운 사건이 발생하지 않기를 소망한다. 다르다는 사실이 때로는 우리를 무척 멀게 느껴지게 할지라도, 다르다는 사실이 우리에게 준 많은 것들이 있다. 상대의 아픔을 온전히 함께할 수 없을지라도, 내가 전할 수 있는 최대한의 마음을 들고 상대에게 다가가는 것. 모든 아픔을 함께할 수는 없을지라도, 쉴 곳이 필요하다면 언제든 옆자리를 내주겠다는 진심을 깊숙이 품는 것. 서로 다른 삶을 겪으며 전혀 다른 아픔을 만나게 되더라도, 공감이라는 이름으로 우리 사이의 벽을 기꺼이 허물고자 하는 노력을 멈추지 않는 것. 그렇게 우리는 각자의 다름을 뛰어넘어, 서로의 위로가 된다.

다른 꽃, 다른 마음

처음 그 사람에게 꽃을 선물하기로 마음먹었을 때,
나는 그 사람을 웃게 만들고 싶었다.

그래서 꽃을 등 뒤로 감춘 채
들키지 않을 각도로 서서
그 사람이 오기만을 기다렸다.

그 사람이 평소 좋아하는
감미로운 음악을
언제든지 재생할 수 있도록 준비한 채로.

나의 계획은,

그 사람이 내게 다가오면
한 손으로는 이어폰을 그 사람의 귀에 꽂아주고
다른 한 손으로 숨겨 둔 꽃을 건네는 것.

이내 그 사람이
예측했던 길로 걸어왔고
나는 준비대로 실행했다.

조금 버벅대긴 했지만
계획은 성공적이었고,

내 바람대로 그 사람은
세상에서 가장 행복하다는 듯 웃었다.

꽃은 해바라기였다.

그리고 시간이 흘러,
우리 사이에 소홀함이 차올랐을 때

나의 마음도
그 사람의 마음도
예전과 달라졌을 때쯤

나는 또 한 번 꽃을 샀다.

그 사람의 마음을 보듬어 주지 못했던,
예전과 같은 뜨거움을 전하지 못했던
그 모든 순간들을 만회하고자.

소홀함 따위가
결코 우리를 갈라놓을 수 없음을
다시 한번 확인할 수 있길 바라며.

나는 그 사람의 회사 앞에 찾아가,
처음 꽃을 선물하던 때의
표정과 몸짓으로
준비해 둔 꽃을 건넸다.

그때 그 사람은
내가 건네는 꽃을 받아 들고
눈물을 글썽였다.

감동해서가 아니라
고마워서가 아니라
속상해서가 아니라

미안해서.

뒤늦게 알았다.

그 사람은 이미 마음속으로
나와의 관계를 정리하고 있었다는 사실을.

그리고,
그보다 더 시간이 흘러
그 사람을 향한 원망과 미움이
세월에 흩날려 갈 때쯤,

나는 또 하나의 사실을
깨닫게 되었다.

그때 그 사람에게 건넨 꽃의 종류가 무엇이었는지
내가 기억하지 못한다는 사실을.

두려워하지 않아도 나아갈 수 있다

"열심히 해야 하는데 뜻대로 되지 않아요."

"혹시 그렇게 열심히 하려고 하는 이유가 뭔지 물어 봐도 될까요?"

"이거라도 열심히 하지 않으면 인생이 망하니까요. 그게 두려우니까요."

지인의 부탁으로 우연히 상담을 하게 된 중학교 남학생이 뱉었던 말은, 상담을 마치고 돌아가는 길 저를 깊은 생각에 잠기게 했습니다. 어떤 학생이든 한 번쯤 가질 법한 그 생각에 왜 그토록 머물렀던 것일까요. 어쩌면 그 이유는 다름 아닌, 불안해 보이는 그 학생의 표정에서, 어릴 적 저의 모습이 떠올랐기 때문일 것입니다.

저 또한 그런 생각으로 삶을 바라봤던 적이 있습니다.

모든 게 어려웠고, 전부 두려웠던 그 시절. 두려움을 원동력으로 나를 움직여야만 했던 시절. 그 시절의 저 또한 무언가를 도전하기 전에, 항상 제게 두려움을 주입하려 했습니다. 이것을 이루어내지 못하면 안 된다고, 해내지 못하면 끝장이라고, 그래야만 해낼 수 있을 거라 믿었습니다. 하지만 미래를 향한 두려움은 그저 내일을 버겁게 만들고, 최선을 다하지 못한 오늘의 나를 책망하게 할 뿐이었습니다. 감당할 수 없이 커져가는 두려움은 나를 움직이기는커녕, 철저히 집어삼켰던 것입니다. 그때부터였을까요. 저는 원하는 미래를 향하기 위해 내일을 두려워해야만 하는 사람이 되어있었습니다. 미래를 향한 걱정 때문에 오늘을 충실히 살아내지 못하는 사람이 되어 있었습니다.

때로 우리는 두려움을 가져야만 최선을 다할 수 있다고 생각하곤 합니다. 세상을 모르던 그 시절, 우리 안을 채웠던 두려움이 꽤 오랜 시간 삶에 머물기에, 압박감을 갖지 않고 최선을 다하는 법을 알지 못하는 것입니다. 나를 괴롭히지 않고 나아가는 법을 알지 못하는 것입니다.

하지만 두려움만이 우리를 움직일 수 있다는 것은 너무 괴로운 일입니다. 그 모든 과정을 두려움에 쫓기듯 수행해야 한다는 사실 또한 너무 아픈 일입니다.

마음에 두려움이 아닌. 믿음을 심을 수 있다면, 어쩌면 많은 것들이 달라질지도 모릅니다. 내 삶이 잘못될까 봐 두려워하기를 멈추고, 내 삶을 더욱 멋지게 만들어갈 수 있다는 믿음을 갖는 것. 두려움은 자꾸만 찾아오겠지만, 그런 믿음을 그보다 위에 올려둘 수 있다면, 우리의 걸음이 그토록 버겁게만 느껴지진 않을 것입니다. 삶은 자꾸만 우리를 작아지게 하지만, 그럼에도 불구하고 보란 듯이 행복을 만날 나의 모습을 더욱 짙게 그려낼 수 있는 우리이기를, 그런 믿음을 더욱 크게 키워낼 수 있는 우리이기를, 그러므로 당신의 걸음이 더욱 경쾌할 수 있기를 바랍니다. 너무 두려워하지 않아도 괜찮습니다. 그럼에도 우리는 나아갈 수 있습니다.

떠오르는 얼굴

좋은 일이 있을 때
가장 먼저 떠오르는 얼굴은
나의 좋은 일에 누구보다 순수한 기쁨을
전해주던 사람이고,

슬픈 일이 있을 때
가장 먼저 떠오르는 얼굴은
나의 슬픈 일에 누구보다 깊은 공감을
전해주던 사람이다.

내가 약해질 때
가장 먼저 떠오르는 얼굴은
나의 약한 마음에 누구보다 굳센 용기를

전해주던 사람이고,

나 자신이 미워질 때
가장 먼저 떠오르는 얼굴은
나의 못난 모습마저 따스한 시선으로
뒤바꿔주던 사람이다.

관계는 결코 속일 수 없는 것이어서,
그 동안의 시간들이 가르쳐준 방향으로
우리를 이끈다.

무엇도 전해주지 않았다면
우리는 서로를 향하지 않을 것이다.

하지만 많은 것들을 전해주었다면
우리는 자연스레 서로를 찾게 될 것이다.
그렇게 함께하는 시간을 더 많이 쌓아갈 것이다.

지금 곁에 있는 사람들에게

나는 어떤 사람일까.

어떤 순간에 떠오르는 사람일까.

불행과 행복

불행은 뚜렷하고
행복은 희미하다.

불행은 분명한 모습으로 찾아오고
행복은 흐릿한 모습으로 다가온다.

불행은 바라보지 않아도 발견되지만
행복은 바라봐야 비로소 발견된다.

행복은 뒤늦게 깨닫게 되곤 하지만
불행은 그 즉시 알게 된다.

커다란 행복도 자주 지나치면서

작은 불행은 결코 놓치는 법이 없다.

어쩌면 우리가 행복을 알아보지 못하는 이유는,
내게 찾아든 행복에 깊이 감사하지 못하는 이유는

행복해야 하는 것이 당연하다고 여기기 때문이다.
불행은 당연히 없어야만 한다고 생각하기 때문이다.

하지만 생각을 바꾸면 많은 것이 달라질지 모른다.

불행이 날아들 때가 있을 거라는 생각.
우리에게 찾아드는 행복이야말로 당연한 것이 아니라는
생각.

더 중요한 것을 알아보기 위해,
감사히 여겨야 하는 것들을 놓치지 않기 위해

때로 우리는 스스로를 반대편에 놓아둘 수 있어야 한다.

어떤 아픔을 숨겨둔 채 살아가고 계신가요

어떤 아픔을 숨겨둔 채 살아가고 계신가요. 마음의 상처는 몸의 상처와 달라서 그 모습을 즉시 드러내지 않습니다. 온전히 치유되지 않은 마음의 상처는 그 모습을 은밀히 감춘 채 숨어 있다가, 우리가 약해질 때면 기다렸다는 듯 모습을 드러내곤 하죠. 과거의 사랑으로 인한 상처는, 새로운 만남이 시작될 때면 조용히 고개를 내밀어 걸음을 주저하게 하고, 소중한 사람을 잃었던 기억은, 나도 모르는 새 마음에 자물쇠를 채워 그 문을 두드리는 여러 마음들에게서 고개를 돌리게 합니다. 그리고 가슴 깊이 품었던 꿈을 내려놓았던 기억은, 또 다시 꿈을 꾸려 하는 우리의 마음을 자주 움츠리게 하죠. 아픔은 내 안에 녹아들고, 나의 일부가 됩니다. 마치 처음부터 그랬다는 듯, 그렇게 한 시절을 살아가게 만들기도 합니다.

하지만 결코 잊지 말아야할 사실이 있습니다.

과거의 아픔이 자꾸만 자신을 가로막을 때 분명히 바라봐야 하는 사실이 있습니다.

아픔을 지나온 사람에게는

아픔을 버텨낸 순간 또한 함께 남겨진다는 것.

아픔의 순간이 마음에 남겨졌다는 것은

아픔을 이겨낸 순간 또한 함께 새겨졌다는 뜻이라는 것.

과거의 아픔을 여전히 마음 안에 남겨둔 채, 일상을 살아가고 있는 모든 사람들이, 그 시간을 버텨냈던 스스로를 잊지 않았으면 좋겠습니다. 최선을 다했던 순간을 그저 아픔으로만 기억하지 않았으면 좋겠습니다. 충분히 아픔의 시간에 머물고 난 뒤, 그 순간들을 남겨둔 채 걸어갈 때, 상처가 아닌, 그 아픔을 꿋꿋이 버텨냈던 스스로의 모습을 간직할 수 있었으면 좋겠습니다. 원치 않는 아픔을 만났지만, 아픔의 시간동안 끊임없이 스스로를 다독이던 당신이 있습니다. 상처가 있었지만, 그 상처를 꿋꿋히 버텨내던 당신이 있습니다. 앞으로도 아픔은 자꾸만 우리 삶에 고개를 내밀겠지만, 그 과정 속에서 새로운 것들을

기록해 갈 당신이 있습니다. 어떤 아픔을 숨겨둔 채 살아
가고 계신가요. 어떤 아픔을 딛고 살아가고 계신가요.

아픔을 지나온 사람에게는
아픔을 버텨낸 순간 또한 함께 남겨진다는 것.
아픔의 순간이 마음에 남겨졌다는 것은
아픔을 이겨낸 순간 또한 함께 새겨졌다는 뜻이라는 것.

괜찮아요 괜찮아요

아무도 없는 곳으로 사라지고 싶었던 적이 있나요.

나를 걱정하는 이 하나 없는 곳으로.

내가 사라졌다는 사실조차 아무도 알 수 없도록

조용하게 소멸되고 싶었던 적이 있나요.

모두가 잠이 든
소리 없는 새벽만이 편안하게 느껴진 적이 있나요.

아주 작은 소리도 새어 나가지 않도록
숨죽이고 울어본 적 있나요.

마음에 내 힘으로는 도저히 치울 수 없는 돌덩이가
얹혀있는 것처럼 느껴진 적 있나요.

아니면
가슴에 무엇으로도 채워지지 않는
커다란 구멍이 자라난 것처럼 느껴진 적 있나요.

내일이 오면 내가 짓게 될 억지웃음이
두려웠던 적 있나요.

누구에게도 털어놓을 수 없다는
사실이 서러웠던 적 있나요.

나 또한 그런 적이 있었다고 말한다면
당신의 슬픔이 잠시나마 그칠 수 있을까요.

그런 나에게도 이제는 괜찮다, 하고 말할 수 있는 날이 찾
아왔다면
조금은 용기를 낼 수 있을까요.

이런 내가 괜찮다고 말한다면
조금은 웃을 수 있을까요.

괜찮아요.

괜찮아요.

당신의 행복을 바라며

늦은 밤, 오랜 친구로부터 연락이 왔다. 친구의 목소리가 무척 무거웠기 때문에, 곧장 옷을 챙겨 입고 길을 나섰다. 친구는 회사 생활에 어려움을 겪고 있었다. 업무에 있어서는 아무 문제 없었지만, 한 상사의 악의적인 괴롭힘이 친구를 힘들게 하고 있었던 것이다. 그 사람의 이유 없는 괴롭힘은 나날이 심해져 가고 있었고, 친구는 할 수 있는 모든 조치를 해 봤지만 답이 없었다. 친구는 그로 인해 생전 앓아본 적 없는 불면증을 얻게 되었고, 출근하는 길에 교통사고라도 났으면 좋겠다는 생각마저 하게 되었다고 말했다. 그런 친구의 말을 들으며, 나는 감정을 주체할 수 없었다.

한때 나는 버틸 수 없는 환경에서는 무조건 벗어나는

편이 낫다고 생각하곤 했다. 자신을 불행하게 만드는 환경임을 직감한다면 자리를 박차는 것이 무조건 옳은 길이라 믿었다. 하지만 삶을 겪고 스스로를 향한 책임을 짊어지며, 언제나 그런 선택을 할 수는 없다는 사실을 깨달았다. 친구 또한 마찬가지였다. 친구에게는 해결해야 할 현실이 있었고, 이루고 싶은 목표가 있었다. 답답하다는 말과 함께 짙은 한숨을 내쉬는 그를 바라보며, 나는 한동안 아무 말도 하지 못했다. 친구의 간절함이 가슴 가득 전해졌기 때문에. 내일 출근해야 하니, 오늘은 이만 자리를 정리하자는 친구의 말이 마음을 무겁게 눌렀다. 나는 자리를 정리하며, 친구의 어깨를 천천히 쓸어내렸다. 오늘은 부디 편히 잠들 수 있기를 바라는 마음을 담아서. 그것 밖에는 할 수 있는 것이 없었다.

집으로 돌아가기 전, 친구는 조용히 한마디를 보탰다.

"조금만 더 버텨볼게."

우리는 누구나 자신의 행복을 간절히 바라며 살아간다. 현실과 행복. 그 두 가지가 함께할 수 있다면 아무런 문제가 없을 것이다. 아니 어쩌면, 행복이 자주 자리를 비우더라도 충분히 버텨낼 수 있을 것이다. 하지만 현실이 불행을 등에 업고 머무를 때, 우리는 선택의 기로에서 방황한다. 불행을 밀쳐내고 현실만을 지켜낼 수 있으면 무엇보다 좋겠지만, 현실은 우리에게 불행을 밀쳐낼 기회를 쉽사리 주지 않는다. 여전히 친구는 고민을 안고, 원치 않는 환경에 맞서 할 수 있는 한 버티고 있는 중이다. 현실을 지켜내기 위하여 묵묵히 불행을 버텨내고 있는 중이다. 내가 할 수 있는 일은 야속하게도, 친구의 버팀을 곁에서 묵묵히 지켜보는 것. 그리고 힘겨울 때 언제든 찾아오라는 말을 전하는 것, 그리고 술잔을 기울이며 가벼운 토닥임으로 친구의 아픔을 조금이라도 잠재워주는 것뿐이다.

나는 이러한 고민을 품고 있는 사람들에게, 어떤 선택을 쥐여 줘야 하는지 여전히 알지 못한다. 불행에서 벗어나는 선택을 하라고, 당신의 편안을 위한 선택을 해야만 한다고, 섣불리 말하지 못한다. 불행에서 벗어나고 싶지 않은 사람은 어디에도 없다는 것을 알고 있기 때문에. 그리고 자신의 편안을 바라지 않는 사람 또한 존재하지 않음을 알고 있기 때문에. 떨쳐낼 수 없는 여러 현실이 그 사람의 발목을 잡고 있음을 알고 있기 때문에. 다만, 내가 분명히 할 수 있는 사실은, 불행에서 벗어나기 위한 선택은, 결코 '잘못'이 될 수 없다는 것이다. 그리고 그 불행의 정도는 나 자신의 판단이 언제든 진실이라는 것이다. 그러니까, 이런 상황을 겪고 있는 모든 사람들이, 이런 아픔이 찾아온 이유가 전부 나에게서 비롯된 것처럼 믿어질 때, 버티고 버티다 이제는 나의 삶마저 포기하고 싶을 만큼 힘겨워질 때, 그러니까, 이대로 가다간 스스로를 전부 잃어버릴 것만 같은 생각이 밀려들 때, 적어도 그땐, 용기를 낼 수 있었으면 좋겠다는, 현실을 미뤄둔 채 불행해서 벗어나기 위한 선택을 할 수 있었으면 좋겠다는, 그리고 누가 뭐래도 그 선택은 잘못이 아니라는 사실을 믿을 수 있었으면 좋겠다는, 나는 그런 말을 전하고 싶을 뿐이다.

아버지의 어금니

우리 아버지는 고기를 좋아하지 않으셨다. 그래서 가족끼리 외식을 갈 때면, 아버지는 고기를 조금 드시고는, 함께 나온 밑반찬들 위주로 식사를 하셨다. 하지만 그럼에도 아버지는 항상 외식을 할때면 고깃집을 선택하셨고, 일찍 식사를 마치시고는 우리가 맛있게 먹는 모습을 흐뭇하다는 듯 가만히 지켜보셨다. 고기를 좋아하지 않으시면서 고깃집을 선택하시는 아버지가 가끔 의아하게 느껴지곤 했지만, 나는 그런 아버지의 선택에 딱히 토를 달지 않았다. 그것은 아주 단순한 이유였다. 내가 고기를 좋아하기 때문.

그러한 아버지의 선택은 계속되었는데, 어렸던 나는 그것을 아무렇지 않게 여겼다. 아버지가 좋아서 하시는 선택이겠거니 여겼던 것이다. 그것이 아버지의 행복이겠

거니 여겼던 것이다. 우리가 맛있게 먹는 것이, 그러한 모습을 보여주는 것이 아버지의 행복이라 믿었던 것이다. 그러한 이기적인 마음을 당연하게 여길 수 있는 뻔뻔함이, 자식에게는 주어진다.

예상대로 그것은 분명 아버지의 행복이었다. 하지만 이 이야기에는 작은 반전이 존재한다. 그것은 바로, 아버지의 어금니의 대부분이 빠진 상태였다는 것. 그럼에도 10년 가까이 되는 시간동안 우리에게 그 사실을 비밀로 하셨다는 것. 나는 그렇다 치고, 형과 누나가 자신의 능력으로 돈을 벌고 있음에도, 아버지는 자신의 능력으로 치료를 하고 싶으셨던 모양이다. 하지만 삼 남매를 키우며 어쩔 수 없이 늘어난 빚 때문에, 치료를 계속해서 미루신 것이었다. 아버지가 고기를 좋아하시지 않는 이유가 그런 이유였다는 것을 알았을 때, 나는 잠을 이루지 못했다.

지금의 나로서는 감히 헤아릴 수 없는 마음들이 있다. 어떻게 그러한 깊이를 품을 수 있는지 도저히 알 수 없는, 그런 마음들이 있다. 누군가의 행복을 기꺼이 자신보다 앞에 두는 사람들. 자신의 행복이 아닌, 다른 누군가의 행복에 온 신경을 집중하며 살아온 사람들. 자신의 행복은 뒷전으로 미뤄두고, 다른 누군가의 행복만을 지키기 위해 살아온 사람들. 심지어 그들은 말한다. 그 모든 것들은 전부 나를 위한 것이었을 뿐이라고. 그것은 전부 내가 행복하기 위한 마음들일 뿐이라고. 아버지는 그렇게 살아온 것이다. 자신의 삶을 뒷전으로 미룬 채, 계속해서 우리의 행복만을 바라며, 우리의 행복을 기꺼이 당신의 행복으로 여기며, 그렇게 살아온 것이다.

출근길 자식들을 위해 고된 몸을 이끌고 의지를 다지는 아버지와, 자신은 비싼 옷 한벌 제대로 사 입지 못하면서 자식들을 위해서 쓰는 돈은 전혀 아까워하지 않는 어머니, 사랑하는 사람을 위해 희생하고, 그 희생마저 자신의 기쁨으로 끌어안는 고마운 분들. 세월이 흐르며 꽤나 어른이 되었다고 여겨지곤 하지만, 그런 희생을 아무렇지도 않게 품는 부모님을 마주할 때면 여전히 가야 할 길이 멀다는 생각이 든다. 나는 얼마의 시간이 지나야 누군가를 향해 그런 마음을 품을 수 있을까. 얼마의 시간이 지나야만, 희생어린 사랑을 당연하게 받는 사람이 아닌, 희생어린 사랑을 당연히 베풀 수 있는 사람이 될 수 있을까. 어느 한 사람의 행복이 나의 전부라 여길 수 있는 마음. 그런 마음을 당연하게 품을 수 있는 그 순간부터 우리는, 어른이, 그리고 부모가 되는 것이다. 그리고 그때가 되어서야 비로소 부모님을 향해 진심 어린 한 마디를 전할 수 있는 것이다.

이제야 당신의 마음을 조금은 알 것 같다고.
그리고 이제서야 알게 되어 죄송하다고.

안녕

　　만남의 안녕은 그토록 조심스러웠는데, 작별의 안녕
은 왜 그리 날카로웠던 걸까. 만남의 안녕은 그토록 부드
러웠는데, 작별의 안녕은 왜 그리 뻣뻣했던 걸까. 만남의
안녕에는 그토록 맑은 웃음이 담겨있었는데, 작별의 안녕
에는 왜 그토록 탁한 미움밖에 남지 않았던 걸까. 만날 때
와 헤어질 때 쓰는 인사말을 구분하는 대부분의 다른 언
어들과 달리 한국어는 안녕이라는 말을 만나고 헤어질 때
모두 사용한다. 만날 때도 안녕이라 말하고, 헤어질 때에
도 안녕이라 한다. 나는 안녕이라는 말이 좋다. 처음과 같
은 언어로 마지막을 말할 수 있다는 것이 좋다. 마지막 순
간 그 말을 뱉으면서도 처음과 닮은 마음을 품을 수 있을
것처럼 여겨지기 때문이다.

우리는 꽤 오랜 시간을 함께 보내기 전까지 우리가 만들어갈 '우리'의 모습에 대하여 전부 알 수 없다. 우리가 끝까지 함께할 수 있는 인연인지 아닌지를 결코 알 수 없다. 누군가의 숨겨진 면까지 전부 알게 된다는 것은. 우리가 진정 그토록 깊은 편안함을 전할 수 있는 관계인지를 알게 된다는 것은, 그만큼의 시간이 필요한 것이다. 그리고 헤어짐이란. 그렇게 알아간 우리의 모습이 어울리지 않다는 사실을 알게 되었기 때문에 찾아오는 것. 그것이 헤어짐의 전부일지도 모른다. 그러니 진실로 마음을 나누었다면, 헤어짐은 서로를 미워해야 할 이유가 되지 않는다. 서로가 인연이길 바라는 마음으로 내디딘 발걸음들이, 그 모든 시간 속에 깃들어있기 때문이다.

만남과 헤어짐은 닮은 구석이 많다. 전부 우리에게는 새로운 시작이고. 새로운 길을 향한 두려움이고, 주저하는 발걸음이다. 진실한 사랑을 나눈 인연이라면 분명 그러하다. 만남이 예상치 못한 사고처럼 일어났듯이, 우리의 이별도 예상할 수 있었던 것은 아닐 것. 우리가 함께할 수 없다는 사실을 알려주었다는 사실만으로, 그간 나눈 모든 마음들을 외면하지는 말자. 끝내 헤어짐을 택했다는 이유만으로, 각자의 마음에 미움만을 품은 채 돌아서지 말자. 그럼에도 고마웠다는 마음을 깊이 품은 채, 그 시간들을 버텨내게 해주었다는 사실만으로 충분하다는 문장을 남긴 채, 첫 만남의 조심스러움처럼, 처음 가졌던 맑은 마음처럼, 딱 그만큼의 두려움과 존중을 품은 채, 안녕을 말하자. 우리 삶에 찾아든 어떤 안녕도 가볍지 않도록.

포기라는 용기

넌 충분히 할 수 있어
사람들이 말했습니다
용기를 내야 해
사람들이 말했습니다
그래서 나는 용기를
내었습니다
용기를 내서 이렇게
말했습니다
나는 못 해요

이규경 시인의 <용기>*라는 시다. '나는 못 해요' 라

*이규경, 「용기」, 『어쩌구 저쩌구』, 예림당, 1989

는 문장으로 끝을 맺는 이 시는 아이러니하게도 많은 사람들에게 용기를 불어넣는다. 가끔 이 시를 꺼내 볼 때마다, 예전 나의 모습이 떠오른다. 몇 년을 바쳐, 도전했던 길이 나와 맞지 않는다는 것을 깨달았던 그때. 행복이 사라진 그 길 위에서 꾸역꾸역 걸음을 옮기던 그때. 그간의 세월에 대한 아쉬움으로 인해, 내가 사라진 삶을 억지로 쌓아 가던 때. 어쩌면 그때 이 시를 만나지 못했다면, 나는 여전히 불행 속을 걷고 있을지도 모르겠다.

세상은 말한다. 처음 선택한 길에서 벗어나는 것은 나약한 행동이라고. 시작했으면 끝까지 버텨 낼 수 있어야 한다고. 하지만 자신의 다짐을 가장 절실히 지켜내고 싶은 사람은, 다름 아닌, 자신이다. 처음 선택한 길에서 벗어난다는 사실에 가장 아파할 사람 또한 다름 아닌, 나 자신이다. 그럼에도 벗어나려는 생각이 차오른다는 것은, 이 길을 향해 걸었던 모든 시간들을 등지면서까지 걸음을 옮기고 싶다는 것은, 그만큼의 이유가 자신 안에 존재한다는 의미일 것이다.

희망이 사라진 곳에 계속해서 머무르는 것을 진정 끈기라 말할 수 있을까. 나를 갉아먹는 환경 속에서 무조건 버티는 것은 정말 강인한 것인가. 지금껏 달려온 길에서 벗어나 한 번도 걸어본 적이 없는 새로운 길 위를 걷는다는 것은 누구에게나 어려운 일이다. 하지만 지금 걷는 길 어디에도 나의 행복이 존재하지 않는다면, 이 길을 걸으며 스스로를 잃어가고 있다면, 우리는 그 길에서 벗어날 수 있는 용기를 가져야만 한다. 아직 무엇도 끝나지 않았기에, 여전히 새로운 이야기들이 우리를 기다리고 있기에, 우리의 삶이 무수한 가능성을 품고 우리를 부르고 있기에, 나는 그것이 포기가 아닌, 새로운 선택이라 말하고 싶다.

지금껏 걸어 온 길을 벗어나
새로운 삶을 향해 걸음을 내딛는 당신.

당신은 지금껏 걸어온 길을
포기한 사람이 아니라,
당신의 삶을 포기하지 않을
용기를 지닌 사람인 것이다.

보통의 사람

지극히 보통의 사람이기에
나를 아프게 하는 일들을 마주했을 때에도 끝내 무너져선
안 됐고,
헤어 나올 수 없을 만큼 깊은 우울이 나를 찾아오더라도
결국은 웃어 보여야만 했다.

마음의 방이 잔뜩 어지럽혀져
도무지 제자리를 찾을 수 없는 감정들에 신경을 빼앗기더
라도
평소와 다름없이 일상을 걸어야만 했다.

스스로를 믿지 못하는 순간에도 목표를 향해 나아가야 했고,
아픔의 생김새를 자세히 들춰볼 틈도 없이 스스로를 추슬

러야 했다.

그저 이 세상 속 나의 자리 하나를
지키는 것은 그토록 어렵고, 버거운 일이었다.

모두들 그렇게 살아온 것이다.
지금으로부터 한 발짝이라도 더 내딛기 위해,
이 길의 끝에 행복이 기다리고 있을 거라는 확신으로,
지금을 버티며
그렇게 살아온 것이다.

지금 자신의 삶 위에 발 딛고 선 모든 이들은
전부 이 모든 과정을 겪어 온 사람들.

어쩌면 그 모든 순간들은
특별한 사람이라서가 아닌,
보통의 사람이기에,
스스로 삶을 지탱해야만 하는 하나의 사람이기에
짊어져야 했던 보통의 삶의 무게.

한 명의 사람으로 살아가는 일은 그토록 어려운 일.

그러므로 지금껏 견뎌온 우리는 모두,
보통이 아닌 세상에 맞서
자신만의 이야기를 만들어 가고 있는,

충분히 자랑스러운
보통의 사람.

더 나은 사람이 되려는 노력

내게는 서로의 고민을 스스럼없이 털어놓을 수 있는 편안한 모임이 하나 있다. 딱히 특별한 일이 없어도, 우리는 삶의 틈새에 만나 서로의 고민을 이야기한다. 딱히 주제를 정하지 않아도, 이야기가 끊이질 않는다. 각자의 고민을 털어놓고, 그에 따른 각자의 생각을 편히 꺼낸다. 그 안에는 어떠한 자만이나, 주제 넘는 가르침이 없다. 그저 서로에게 도움이 되길 바라며 자신의 생각을 조심스레 꺼내놓는다. 그것에서 무엇을 건져 올릴지는 각자의 몫인 것이다. 그렇게 대화를 이어가다 문득 우리가 나누는 대화의 맥락들을 천천히 되짚어보니, 신기한 점을 발견할 수 있었다. 우리가 나누는 대화의 대부분은, 비록 주제는 너무나도 다양했지만, 결국 더 나은 사람이 되기 위하여 일상에서 얻은 깨달음들을 나누는 일이었다는 것이다. 그

273

렇게 생각을 나누는 과정에서 각자의 모순을 들키기도 하고, 부족함을 절실히 느끼기도 했지만, 그럼에도 우리는 그런 대화가 좋았다. 그렇게 여느 때와 관계없이 시간 가는 줄 모르게 대화를 나누고 집으로 돌아가던 중, 문득 궁금증 하나가 밀려왔다.

'우리는 도대체 무슨 이유 때문에 이토록 더 나은 사람이 되려 노력하는 걸까.'

고민을 참지 못하고 다음 모임에서 질문을 던졌을 때, 사람들은 기다렸다는 듯 다양한 대답들을 꺼내었다.

"편안하고 싶어서요. 제가 삐뚤어진 사람일 때, 저는 불행했거든요. 세상을 좋은 시선으로 바라보는 사람은, 늘 그렇진 않더라도 자주 행복할 텐데. 세상을 부정적으로만 바라보던 저는, 자주 불행했거든요. 욕심이나, 시기, 질투, 불안함 같은 것들이 아니라, 더 좋은 것들로 마음을 채우고 싶어요. 그럼 편안할 수 있을 테니까. 그렇게 혼자서도 굳건한 사람이 되어, 사랑을 전할 수 있는 사람이고 싶어요. 그럼 저 또한 그런 사랑을 받을 수 있을 거예요."

"단순해요. 내가 좋은 사람이 되면, 다른 사람들에게 좋은 영향을 끼치는 사람이 될 수 있을 테니까요."

"힘들어서요. 세상엔 좋지 않은 영향을 주는 사람들이 많아요. 아무렇지도 않게 무례한 행동을 하는 사람들이 너무 많아요. 제가 좋은 사람이 되면 제 곁에 최소한 그런 사람들이 꼬이진 않을 거라 믿어요. 좋은 대화를 나누고 싶어요. 좋은 에너지를 주고받는 사람들과 함께하고 싶어요."

"내 곁에 있는 좋은 사람들에게 많은 부분을 의지하고 때로는 도움을 받으며, 왜 나는 그들에게 도움이 되지 못하는지 생각했습니다. 그러다가 문득, 이들이 내 곁에 머무는 이유는 내가 좋은 사람이기 때문이 아니라, 그들이 좋은 사람이기 때문이라는 것을 알았어요. 그런 생각이 드니, 나도 좋은 사람이 되어, 그들에게 받은 만큼 더 많은 것을 베풀고 싶다는 소망이 생기더라고요. 그들이 좋은 사람이기 때문이 아니라, 나 또한 좋은 사람이기 때문에 우리가 함께할 수 있는 것이었으면 좋겠습니다."

우리는 각자의 이유로 내면을 가꾸고, 세상의 모호한 것들에 나름의 뚜렷한 생각들을 덧대고 있었다. 편의상 '좋은 사람'이라고 표현했지만, 정확히 말하면 우리가 가고자 하는 방향은 단순히 '좋은 사람'이 되는 것은 아니었다. 좋은, 이라는 단순한 수식어로 표현될 만큼 간단한 것은 아니었다. 더욱 깊게 파고들면 우리는, 더 넓은 마음을 가진 사람이고 싶었고, 더 깊은 생각을 품은 사람이고 싶었고. 더 단단한 내면을 가진 사람이고 싶었고, 더 무르익은 배려를 전할 수 있는 사람이고 싶었고, 더 좋은 시선으로 세상을 바라보는 사람이고 싶었다.

그들의 확신에 찬 대답을 들으며, 가슴이 뜨거워지는 것을 느꼈다. 그들의 대답이, 나의 마음과 닮아있었기 때문에. 사실, 나에게는 확신을 잃었던 순간이 있었다. 더 나은 사람이 되면, 더 나은 사람을, 더 나은 삶을 만나게 될 거라는 확신이 흔들리던 순간. 그런 생각이 스밀 때마다, 나는 자주 부정적인 생각들을 품곤 했다. 이런 것들이 다 무슨 소용이 있겠냐는 생각으로 하루를 살아가기도 했고, 삐뚤어진 시선으로 세상을 바라보기도 했으며, 사람들에게 뾰족한 모습을 보이기도 했다. 하지만 그들의 생각을 가만히 들으며, 나의 부정적 생각들이 얼마나 서툴렀던 것인지를 알았다. 그리고 그러한 확신만으로, 어쩌면 무척이나 불투명한 미래를 향해 자신의 내면을 아름답게 가꿔 내고 있는 사람들이 이토록 많이 존재한다는 사실이. 새삼 뭉클하게 다가왔다.

더 나은 사람이 되는 것은, 쉽지 않은 일이다. 스스로의 부족함을 끊임없이 돌아봐야 하고, 때로는 스스로를 날카롭게 꾸짖어야 한다. 자신의 모순을 들춰내야 하고, 잘 해내지 못하는 나 자신을 자주 마주해야 한다. 하지만 그럼에도 불구하고 세상엔, 끊임없이 자신을 돌아보며, 더 나은 사람이 되기 위한 노력을 멈추지 않는 수많은 사람들이 존재한다. 그리고 그러한 사람들이 지금 이 순간에도, 어딘가에서 자신만의 사투를 벌이고 있으리라 생각하면, 가슴 한구석이 묵직해진다. 우리의 노력은 결국, 자신이 좋은 삶을 만나길 바라는 마음에서 시작되는 것일 테다. 하지만 그 과정 속에는 타인을 향한 애정이 담겨 있고, 소중한 사람에게 더 많은 따스함을 전하고 싶다는 진심이 담겨있다. 좋은 사람과 좋은 마음을 주고받는 것이야말로 우리가 좋은 삶을 만날 수 있는 길이라는 믿음이 담겨있다. 지금 이 순간에도 어딘가에서 그런 빛나는 마음을 품은 채, 자신을 더 나은 방향으로 이끌고자 애쓰고 있을, 더 나은 사람이 되기 위해 자신의 부족함을 끊임없이 돌아보고 있을 당신에게 전하고 싶다. 어디선가 당신과 같은 과정을 거듭하고 있는 사람이, 당신을 기다리고 있을 거라고.

크리스마스 선물

여행에서 돌아오는 길,
우연히 들른 산장 카페에는
크리스마스를 맞아
캐럴이 흘러나오고 있었다.
주인아주머니 또한 그에 맞는 복장을 하시고
손님들을 맞이하고 있었는데
빨간 조끼가 아주 잘 어울리시는
인상 좋은 아주머니셨다.

손님들 테이블마다 직접 구운 밤을
놓아 주시며 덕담을 한마디씩 건네는 아주머니의 모습에서
정 많고 인자한 성품을 단번에 느낄 수 있었다.
그렇게 손님들과 이런저런 이야기를 나누시다가

우리 차례가 되었는지 다가오시더니
어김없이 따스하게 구워진 밤을 나누어주셨다.
그리고는 대뜸 한가지 이야기를 풀어주셨다.

"저번에 어떤 사람이, 밤을 구워다 줬더니 엄청 맛있게
먹더라고. 막 허겁지겁 먹더니, 카운터로 와서는 밤을 조
금만 더 달라고 말하는 거야. 그래서 뭐, 밤은 많으니까
더 줬지. 어휴 근데 글쎄, 그 후에도 몇 번이나 더 와서 조
금만 더 달라고 하더라고. 그렇게나 맛있었는지."

나는 생각했다.

'아무리 그래도 서비스인데……
나는 그런 행동을 하지 말아야겠다.'
하지만 생각을 입 밖으로 꺼내지는 않고,
그저 어색하게 웃었다.

그리고 바로 뒤,
나의 생각이 생각으로 그쳤다는 것이 정말이지

천만다행이라는 생각을 하게 된 것이다.

"근데 글쎄, 며칠 뒤에 그 사람이 쌀 한 포대를 가져온 거예요. 이천 쌀이라고, 엄청 맛있는 쌀이니 드셔 보시라고 하더라고요. 그때 밤 정말 맛있게 먹었다고, 행복한 시간 보내게 해 주셔서 감사하다면서. 이 멀리까지 쌀을 싣고 왔다는 걸 생각하니까 어찌나 고맙던지."

그때 나의 얼굴은 아주머니의
빨간 조끼만큼이나 붉어졌던 것 같다.
아주머니는 웃으며 짧게 한마디를 덧붙이셨다.

"메리 크리스마스."

섣부른 판단은 부끄러운 일이다.

그래도 내 섣부른 판단이 틀렸음에 다행이라는,
세상의 아름다움을 가르쳐주신 것에 감사하다는 생각이
들었으니

그것으로 조금은 위안을 삼아도 되는 걸까.

진정한 나눔의 모습과
그것이 물들이는 행복의 가치를 알게 된,

가장 기억에 남는

부끄럽고도 따스했던
크리스마스.

그런 인연

처음에 우리는 어쩌면 이토록 오랜 시간을 함께하게 될 줄 몰랐다. 대부분의 인연이 그러하지 않은가. 예기치 못한 사고처럼 찾아오고, 우연처럼 서로의 닮은 점을 찾아내고, 덜컥 사랑에 빠지고, 그렇게 함께가 아니었다면 만날 수 없었던 많은 추억들을 쌓아가고, 문득 돌아보면 긴 세월 함께 건너왔음을 깨닫게 되고, 그 모든 추억들을 등진 채 그렇게 멀어지고, 우리가 인연이 아니었음을 확신하게 되고... 전부를 다했음에도 서로를 향한 끈이 끊어지는 것을 바라보며, 우리는 때로 사랑을 불신하고, 인연을 부정한다. 하지만 긴 시간이 흐른 뒤, 문득 그 세월을 추억한다면, 그 사람이 내 삶에 찾아온 이유를 조금은 알게 될지도 모른다. 함께함으로써 만들어간 것들이, 그 시절에만 머무르는 것이 아닌, 내 안에도 존재한다는 것을 알게 된다면 말이다. 누군가를 만나고, 서로를 향해 걸음을 옮기고, 한 시절을 머무르고, 끝내 우리를 완성하지 못한 채 고개를 돌린다. 그렇게 각자의 길을 걷다가, 걸어온 길을 되돌아보며 뒤늦게 깨닫는다. 우리가 인연이었음을. 서로의 삶에 그만큼의 영향을 끼치고, 그 정도의 시간을 함께 보내고, 그만큼의 깨달음을 내게 남기고, 끝내 이루어지지 못한 채 그렇게 멀어져 간, 딱 그만큼의 인연이었음을.

바다는 파도 없이 빛나지 않는다

엄마가 아들의 손을 붙잡고 바다를 찾았다.
더 이상 나아갈 길이 보이지 않기에
자신이 밟을 수 있는 세상의 끄트머리에 온 것이다.

더 이상 건너갈 수 없는 곳.
억지로 나아간들 숨만 더욱 차오르는 곳.
그러니 이제는 멈춰있어도 괜찮다고
말을 건네는 것만 같은 곳.
바다는 아픔을 머금고 있는 사람에게 무척 어울린다.

파도가 친다.

엄마는

아무것도 모른 채 자신의 손을 붙잡고 있는
사랑스러운 아이를 바라본다.

포기해선 안 되는 이유가 있는 한 사람은,
이겨내야만 하는 이유가 있는 한 사람은,
억지로라도 힘을 내야만 하는 이유가 있는 한 사람은,
그렇게 맞잡은 손을 꽉 쥐어 본다.
힘이 잘 들어가지 않는다.

그렇게 바다를 바라보다, 아이가 말한다.
"엄마, 바다가 파란 이유가 뭔지 알아?"

"응? 뭔데?"

"바다가 파도에 부딪혀서 파랗게 멍이 든 거야."

천진난만하게 내뱉은 아들의 한마디에
엄마는 마음이 멈춘다.
이 아이가 나의 마음을 알고 말하는 것인가.

엄마는 뭉클한 가슴을 부여잡으며,
아이에게 말을 건넨다.

"조금만 더, 보고 갈까?"

"응!"

두 사람이 맞잡은 손에 힘이 들어간다.

엄마는 그때,
바다가 정말 아름답다고
그렇게 생각했다고 한다.

사랑

세상 모든 소음 가운데
누군가의 음성만이 또렷이 들리는 것.
그 음성만으로 충분히 살아지는 것.

비록 조금 떨어져 있을지라도

음악 감상을 목적으로 유튜브 검색을 한다. 별다른 생각 없이 동영상을 클릭하고 음악을 감상한다. 그렇게 우연히 재생한 음악이 나의 취향에 딱 맞아 떨어진다는 것에 놀랐지만, 나를 더욱 놀라게 한 것은 그 동영상에 달린 수많은 댓글들이었다. 그 안에 담긴 누구에게도 털어놓지 못한 솔직한 이야기들. 그 이야기들을 한참을 읽어내린다. 어떤 책보다도 솔직하고, 어떤 이야기보다도 진솔한 마음속 이야기들을 조심스레 들여다본다. 아주 다양한 사연들이 있다. 어디에서도 쉽게 듣지 못할, 감히 헤아리지 못할 슬픔이 묻어있는 각자의 사연들이 그곳에 고스란히 자리하고 있다. 다시는 돌아오지 못할 곳으로 떠난 사람에 대한 그리움. 미처 안아주지 못한 스스로를 향한 미안함. 삶의 절벽에서 자신을 위한 기도를 건네는 사람들. 마

음이 아파 주책맞게 눈물이 고이기도 하고, 아픔을 겪으
면서도 타인의 편안을 기원하는 그들의 문장에 깊은 위로
를 건네받기도 한다.

'사랑하는 할머니. 늘 나의 편에서 응원해주시던 우리
할머니. 너무 그립고, 보고 싶습니다. 사랑합니다.'

'이곳에 찾아온 모든 분들이 행복했으면 좋겠습니다.'

'댓글들 보면서 많이 울었습니다. 우리 앞으로도 힘내
서 함께 잘 살아 봐요.'

'지금껏 살아오느라 고생했다. 앞으로도 조금만 더 힘
내자. 나 자신.'

'가까운 사람에게 받은 상처를, 얼굴도 모르는 당신들
에게 치유받고 갑니다. 고맙습니다.'

생각해보면 나 또한 나의 진짜 속마음을 털어놓을

수 있는 상대가 많지 않다. 깊이 연관되어 있는 사람일수록 우리는 진짜 자신의 모습을 드러내길 조심스러워하고, 소중한 사람일수록 나의 고민이 상대에게 원치 않는 짐을 짊어지게 할까 염려한다. 하지만 가까운 사람에게 받지 못하는 위로를, 얼굴도 모르는 사람에게 전달받기도 한다. 그리고 나를 잘 알지 못하는 사람이기에, 자신의 감춰둔 속마음을 마구 털어놓게 되기도 한다. 인터넷이라는 세상 속 모두가 연결된 시대. 이 시대의 무수히 많은 장단점들이 있겠지만, 가장 큰 장점은 아마 그런 것이 아닐까. 비록 조금 떨어져 있더라도, 분명 우리는 함께 이 시대를 살아가고 있다는 사실을 느낄 수 있다는 것. 그리고 얼굴도 모르는 상대와 담아둔 마음을 주고받을 수 있다는 것.

내 마음과 닮은 글을 발견할 때, 내게 아픔을 준 경험과 닮은 이야기를 마주할 때, 비록 그 글에 이렇다할 해결책이 제시되어있지 않더라도, 우리는 무엇과도 바꿀 수 없는 커다란 위로를 선물받는다. 그 이유는 다름 아닌, 그 이야기가 나와 닮은 사람이 어딘가에 존재한다는 증거가 되기 때문일 것이다. 어쩌면 우리는 확인하고 싶은 것인지도 모르겠다. '나와 닮은 사람이 어딘가에 살아가고 있다는 것.', '비슷한 아픔을 품은 사람이 어딘가에 함께하고 있다는 것.' 그 사실을 확인하고 싶기에, 우리는 자신의 담아둔 사연을 적어 내리고, 이름도 모를 누군가의 사연을 정성스레 읽어내리는 것이 아닐까.

댓글들 속 수많은 사람들은, 우리 조금만 힘내자고, 당신과 같은 아픔을 느끼는 사람이 여기에도 있다고, 그렇게 외치고 있었다. 그렇게 기꺼이 자신의 아픔을 꺼내 서로를 위로하고 스스로를 다독이고 있었다.

그런 그들을 바라보며 생각에 잠겨본다. 나의 글을 읽은 수많은 사람들이 보내주신 메시지를 다시 한번 천천히 읽어내린다. 감사하게도 진심이 담긴 긴 글로 고마움을 전하는 분도 있고, 자신의 사연을 적어주시며 잘 해내겠다는 다짐을 보내주시는 분도 있다. 그럴 때면 내가 세상에서 하나의 역할을 하고 있는 것만 같은 기분이 들어 눈이 매워지곤 한다. 나와 닮은 마음을 품고 있음을 전해주는 사람들이 어딘가에 존재한다는 사실만으로 괜스레 가슴이 뜨거워지기도 한다. 부족한 나의 글을 읽고 위로를 느낄 수 있다는 것은, 분명 그분들이 자신들의 깊이 만큼 나의 글을 깊게 받아들여주시기 때문이라는 것을 안다. 한 가지 작은 바람이 있다면, 내가 그 댓글들을 통해 전달받은 커다란 위로처럼, 나의 글 또한 그런 모습으로 닿을 수 있었으면 좋겠다는 것. 비록 조금 떨어져 있더라도, 어디에선가 나와 같은 사람이 지금 이 순간을 견뎌내고 있음을, 그렇게 우리가 이 시대를 함께 살아가고 있음을 전할 수 있었으면 좋겠다.

당신과 같은 사람,
여기에도 살아가고 있습니다.

휘청이는 삶의 순간들

사고로 시력을 잃은 퇴역 장교 프랭크 슬레이드와, 크리스마스에 고향에 가기 위해 그의 집에서 아르바이트를 하게 된 고등학생 찰리의 짧은 여행기를 그린 영화 < 여인의 향기 >는 삶의 절벽에 놓인 한 사람의 감정을 진솔하게 표현합니다. 자신의 남은 삶이 어둠뿐이라 생각했던 프랭크는 찰리와의 여행을 통해 자신을 되돌아보게 되고, 다시 한번 살아갈 힘을 얻게 되죠. 이 영화를 감명 깊게 본 사람이라면 누구나 이 대사를 기억하게 됩니다.

'스텝이 엉키면 그것이 탱고.'

저의 삶에도 자꾸만 스텝이 엉키는 순간들이 많았습니다. 호기롭게 도전했던 목표들은 거의 이루지 못했고,

그때마다 스스로를 향한 책망은 점점 커져만 갔죠. 목표를 이뤄가는 주변 사람들의 모습이 자꾸만 나를 작아지게 했고, 스스로를 향한 믿음은 점점 흐려졌습니다. 나를 향한 불신으로 마음을 채우는 과정은 그리 오래 걸리지 않았습니다. 사람은 초라한 지금의 자신을 마주할 때면, 이전에 해낸 수많은 것들을 전부 잊어버리곤 하니까요. 멈춰있는 현재의 모습만을 너무도 강하게 믿어버리곤 하니까요.

　누구나 원하는 순간, 원하는 모습으로 삶을 나아갈 수 있다면 좋겠지만, 삶은 결코 우리를 쉬운 길로만 인도하지는 않습니다. 하지만 원하는 순간들만 가득 모여 있는 것만을 삶이라 부르지는 않을 것입니다. 간절히 원하던 순간과, 피하고 싶던 순간, 기대했던 결과를 만나게 된 순간과, 그렇지 못한 순간들이 모여 있는 것이 바로 삶일 것입니다. 나를 행복하게 만들어줄 순간만이 가득했으면 바라지만, 진정 중요한 것은 그렇지 못한 순간들을 어떤 마음으로 바라보느냐 하는 것이 아닐까요. 우리를 자주 버겁게 만드는 것은, 바로 그런 순간들이니 말입니다.

어쩌면 삶은 탱고보다 더욱 복잡한 것인지도 모르겠습니다. 스텝이 엉키는 것도 모자라 자꾸 멈춰 서게 되니까요. 언제나 즐기며 나아갈 수 있을 만큼 쉬운 것이 아니니까요. 하지만 삶은 분명 탱고와 닮은 부분이 있습니다. 내가 전부 포기해 버리지만 않는다면 그 모든 순간이 전부 우리의 삶이 된다는 것, 끝까지 완주해 낸다면 그 모든 장면들이 전부 나만의 작품이 된다는 것이죠. 어쩌면 흔들리는 순간들이 존재하기 때문에, 우리의 삶이 더욱 각자의 개성으로 빛나는 것인지도 모릅니다. 비록 흔들리는 지금의 순간이 쓸모없게 느껴지더라도, 이 순간들이 내 삶에 아무런 변화도 가져다주지 못하는 버려진 시간이라 여겨지더라도, 그 모든 시간들을 겪고 있는 스스로를 마음을 자세히 들여다보고 안아줄 수 있다면, 그것은 결코 무의미한 순간이 아닐 것입니다. 언젠가 돌아봤을 때, 나 자신을 알고자 끊임없이 노력했던 성장의 시간들로 기억될 수 있을 것입니다.

스텝이 엉키면, 그것이 탱고입니다.
휘청이던 그 모든 순간들이 우리의 삶이었던 것처럼.

스텝이 엉키면, 그것이 탱고입니다.

휘청이던 그 모든 순간들이

우리의 삶이었던 것처럼.

작가의 말

　첫 책을 출판하고 나서 몇 명의 사람들이 지인을 통해 상담을 요청해왔다. 부족한 내가 한 사람의 마음을 모두 헤아릴 수 있으리라곤 생각하지 않았지만, 그럼에도 조금의 도움이라도 되고 싶어 상담에 응한 적이 많았다. 상담이라기보단 말동무가 되어 저마다 마음에 담아 둔 아픔을 들어 주는 일이었다. 사람에 의한 상처, 그리고 미래에 대한 막막함과 과거의 아픔에 관한 이야기까지. 내면 깊숙이 자리한 아픔을 털어놓는 그들을 바라보며, 아픔을 솔직하게 마주하고 더 나은 모습의 자신을 소망하는 그들의 모습이 무척 멋지다는 생각이 차올랐다. 그 모든 고민의 깊숙한 곳에는 진심이 스며 있었다. 내 곁에 머물렀거나 머물고 있는 모든 사람들을 더욱 성숙한 시선으로 바라보고 싶다는 진심. 과거의 상처를 극복하고 더 멋진 나의 모습을 만나고 싶다는 진심. 빛나는 미래를 자신에게 선물하고 싶다는 진심. 그러나 이런 나의 생각을 전하기도 전에, 그들의 입에서는 전혀 다른 말이 나오곤 했다. 그들은 자신이 무엇도 해낼 수 없을 것이라 생각하고 있었고, 자신이 품고있는 사랑의 아름다움을 의심하고 있었으며, 이미 가치 없는 사람이 되어버렸다고 믿고 있었다.

그들의 그런 모습을 바라보며 예전 나의 모습이 떠올랐다. 아픔을 마주하며 스스로 쓸모없는 사람이라 여겼던 시절. 나는 무엇도 해낼 수 없는 사람이며, 어떤 가치도 지니지 못한 사람이라 믿었던 시절. 나를 향해 분명한 마음을 전하고 있는 주변 사람들의 마음마저 외면한 채, 깊숙한 곳에서부터 서서히 홀로 무너져 내렸던 지난날의 내 모습이 선명하게 떠올랐다. 그들 또한 그때의 나와 다르지 않아 보였다는 사실이, 나의 마음을 아프게 했다.

나는 그들에게 그 시절 나에게 해주지 못했던 말을 전했다. 내가 바라보지 못하던 나의 가치를 가르쳐 주던 소중한 사람들이 그랬던 것처럼. 내가 전하고 싶었던 이야기는 단 하나였다. 지금 당신이 바라보지 못하고 있는 당신의 빛나는 가치가 분명히 존재한다는 것. 그 사실을 의심하지 않는다면 지금 앞에 놓인 고난들을 충분히 헤쳐나갈 수 있을 거라는 것. 그리고 그 과정을 함께하고 싶다고, 나에게 털어놓고 싶은 이야기가 있다면 언제든 연락을 달라고, 그렇게 덧붙였다.

모든 인간이 저마다의 가치를 지니고 있다는 사실을 우리는 알고 있다. 하지만 이러한 문장이 자신을 향하는 순간, 우리는 자주 고개를 갸우뚱하게 된다. 힘든 시기를 겪고 있다면 더더욱 그렇다. 그렇게 우리는 때로 나 자신의 가치가 어디에도 존재하지 않는 것처럼 믿어버리곤 한다. 하지만 우리가 바라보지 못하고 있다고 해서, 분명히 존재하는 사실이 사라지는 것은 아니다. 우리의 가치는 우리가 무심코 지나친 모든 순간들에, 그 순간들을 지나온 나의 모습에 분명히 자리하고 있다. 어쩌면 우리는 모두 우리가 놓치고 있는 그 모든 가치를 찾아가는 여정을 겪고 있는 것인지도 모르겠다.

나라는 사람의 가치를 찾아 헤매던 그 모든 순간들을

이 책에 담고자 노력했다. 내 앞에 닥친 고난을 어떻게 바라봐야 좋을지. 떠나는 인연들과 머무는 인연들을 어떤 마음으로 바라봐야 좋을지. 스스로를 더욱 사랑하기 위하여 나 자신을 어떤 시선으로 바라봐야 좋을지. 책을 써 내리며 나의 부족함을 절실히 느꼈지만, 세상을 살아가는 한 명의 사람으로서, 어려움에 처할 때마다 나름의 돌파구를 찾아 헤맸던 한 명의 인간으로서, 고통의 순간마다 나를 일으켰던 생각과 마음가짐들을 조금이나마 전하고 싶다는 욕심으로 이 책을 출판할 용기를 얻을 수 있었다. 누군가 내가 펼쳐놓은 나름의 이야기에 조금이나마 위안을 얻는 순간을 만날 수 있다면, 그렇게 미처 바라보지 못하고 있는 자신만의 가치를 발견하는 순간을 만날 수 있다면, 그것은 내게 있어 더할 나위 없는 축복일 것이다. 당신의 사랑스러움을 알아가는 과정을 함께하고 싶다. 분명히 존재하는 당신만의 가치를 발견하려 나아가는 길에 이 책이 도움이 될 수 있기를 진심으로 바란다.

내 삶에 찾아온 고난의 순간마다
나의 가치를 증명해 주었던 고마운 사람들과

지금 이 순간에도
자신의 숨겨진 가치를 발견하고자 마음을 다하고 있는
모든 사람들에게 전하고 싶다.

당신이라는 존재,
그 자체가 기적이라는 것을.

당신이라는 기적

ⓒ정한경, 2022

초판 1쇄 발행 2022년 7월 7일
초판 2쇄 발행 2022년 7월 27일

지은이 정한경
편집 김희라 조해빈 @스튜디오봄봄
마케팅 전연교 박영현
콘텐츠그룹 한나비 이현주 장수연
표지 박도담 **본문** 전유니
표지 그림 Alldoit_Oilpastel

펴낸이 전승환
펴낸곳 북로망스
신고번호 제2019-00045호
이메일 book_romance@naver.com

ISBN 979-11-91891-11-9 03810